# 赤ずきん、旅の途中で死体と出会う。

青柳碧人

Aoyagi Aito

双葉社

# 目次

赤ずきん、旅の途中で死体と出会う。

装丁　小川恵子（瀬戸内デザイン）
装画　五月女ケイ子

# 第1章　ガラスの靴の共犯者

# 1.

まったくもう、失礼しちゃうわ！

赤ずきんは川岸にしゃがみ込み、頭から湯気が出そうなほど怒りながら、両手に持った靴をじゃぶじゃぶとこすり合わせて洗っていました。きれいな小川の水が、泥で汚れていきます。

「本当に、ごめんなさいねえ」

地面まである黒くて長い服をまとった老婆が、ぺこぺこと頭を下げています。大きな鉤鼻《かぎばな》が特徴的な、バーバラという名のこの老婆は、魔法使いなのでした。

赤ずきんがバーバラと出会ったのは、今さっき、小川に架かる橋の上でのことでした。おやまあ、粗末な服ねえ、私が魔法で豪華な服に変えてあげましょうと、バーバラは言いました。赤ずきんは被《かぶ》っている赤いずきんが気に入っていましたので、それなら靴を変えてくれるかしら、と頼んだのです。ところが、バーバラが呪文を唱えて杖を一振りすると、靴は豪華になるどころか、泥まみれになっていたのでした。誰が見てもわかる失敗でした。

「おわびと言ってはなんだけどねえ、あんたのそのバスケットを、黄金のバスケットに変えてあげるっていうのはどうだろうかね。きんきんきらきらと光って、そりゃあきれいだろうよ」

「もういいわ、あっちへ行ってよ」

赤ずきんは靴を洗う手を止めずに、答えました。

「やっぱりその赤いずきんを、もっと高貴な、不死鳥《フェニックス》の羽のような色に変えてあげるわ。いつまでも赤いずきんの服なんて子どもっぽいだろうに」

「いいって言ってるのに！」

怒鳴った拍子に、じゃぽん。赤ずきんは手を滑らせ、靴を小川の中に落としてしまいました。靴はみるみる、川下へと流れていきます。

「ああ、待って」

川岸を走って追いかけますが、小川の流れは意外と速く、靴はどんどん離れていきます。

「ああ……」

靴はすぐに見えなくなってしまいました。赤ずきんは途方にくれました。まだ旅は始まったばかりです。靴がなくて、この先どうすればいいというのでしょう。

「あらまあ。でも、元気をお出しなさいよ。どうせ泥だらけだったじゃないの」

バーバラが気持ちを逆撫《な》でするようなことを言いますが、怒鳴り返す元気もありません。

赤ずきんは裸足のまま、とぼとぼと歩きはじめました。すると、少し先に、小川に突き出た平たい岩が見えてきました。その岩の上でぼろぼろの服を着た裸足の女の子が、白い布を一枚だけ洗濯しているのでした。そして女の子のすぐ脇には……

「あっ！」

赤ずきんは走り寄って、それを手に取りました。間違いありません。今しがた流れていったばかりの、赤ずきんの靴でした。

「よかった。あなたがすくい上げてくれたの？　ありがとう」

「ああ……、あなたの靴だったの」

その女の子は戸惑いがちに言いました。どことなく残念そうにも聞こえる声でした。赤ずきんより二つ三つ年上——十八歳くらいでしょうか。何年も洗っていないような、つぎはぎだらけの粗末な服を着て、髪の毛にも顔にもホコリがたくさんついています。

返してもらったびしょ濡れの靴を履いて、もう一度お礼を言おうと彼女の顔を見たとき、赤ずきんは気づきました。彼女の目が真っ赤なのです。

「あなた、泣いていたの？」

「……ええ」

彼女の視線の先に目をやると、草地に、何かを埋めたばかりのような盛り土があり、小さな十字架が立てられているのでした。

「かわいがっていた鳩が、昨日死んでしまったの」

「それはお気の毒に」

赤ずきんは十字架に向かってお祈りを捧げたあと、再び彼女を見ました。

「私、赤ずきんっていうの。あなたは？」

「……シンデレラ」

Ｃｉｎｄｅｒ《シンダー》とは、「灰」という意味です。そんな汚い名前があるでしょうか。赤ずきんが戸惑っていると、

「本当の名前は、エラっていうの」

彼女は泣きながら、事情を話しはじめたのです。

エラはこの近くの家で、革職人のお父さんと、優しいお母さんと幸せに暮らしていました。ところが今から七年前、お母さんが病気で死んでしまいました。母親のいない子どもはかわいそうだからと、お父さんは新しいお嫁さんを迎えたのです。

新しいお母さんのイザベラには、二人の連れ子がいました。二人とも女の子で、上のアンヌはエラより五つ上、下のマルゴーはエラより二つ年上でした。はじめは、イザベラお母さんも二人の姉も、エラに優しかったそうですが、新しい結婚からわずか一年後、お父さんが死んでしまってから状況が変わりました。

イザベラお母さんは今まで自分がやってきた炊事、洗濯、掃除といった家のことをすべてエラに押し付けるようになったのです。二人の姉がきれいな服を着ているのに、エラはおんぼろの服を着ることを強《し》いられるばかりか、「灰（Ｃｉｎｄｅｒ）」を「エラ（Ｅｌｌａ）」にくっ付けた「シンデレラ」という汚らしい名で呼ぶようになったのでした。

「イザベラお母さまは、私が本当の娘ではないから、いじわるをするんだわ」

シンデレラの目には、みるみる涙が溜まっていきます。かわいそうに、その手には細かい切り傷がたくさんついています。

「シンデレラ、その切り傷は？」

「森の中のいばらよ。アンヌお姉さまはキイチゴのジャムが好きで、私によくキイチゴを取ってこいと命令するの。キイチゴのあるところには必ずいばらが生《は》えていて、切れてしまうわ……。

今日も森に行ったけれど少ししか取れなかったから、お姉さまは罰として、私のたった一足しかない靴を捨ててしまったのよ」

聞いているだけで腹立たしくなる話です。だいたい、靴を捨てられてしまっては、いばらの生えている森には入れないではないですか。トゲだらけの中に、裸足で入れというのでしょうか。

「ひどい。私が文句を言ってあげる。お家へ連れて行ってよ」

「行っても誰もいないわ。お母さまもお姉さまも、今日は舞踏会へ行っているんだもの」

「舞踏会ですって？」

「クレール・ドゥ・リュヌ城では毎年、庶民も参加できる特別な舞踏会があるの。王子様がお嫁さんを探すために、国じゅうの若い娘はみんな招待されているのよ」

「あなたも行けばいいのに。顔を洗って、ドレスを着て、髪飾りをつければ、とってもきれいになるんじゃないかしら」

実際、目の前で泣いているシンデレラは、小顔で目がぱっちりとしていて、本当はかなりの美人と見えます。

「無理よ」

シンデレラは首を振りました。

「私には舞踏会へ着ていくドレスなんてないもの。貸してくれる人なんか……」

「そういうことなら、お任せなさい」

声がして、赤ずきんとシンデレラは同時に振り返りました。

魔法使いバーバラが得意げにくるくると杖を回していました。

「まだいたの？」

赤ずきんは皮肉を込めて言ったつもりでしたが、バーバラはまったく気にしていません。

「シンデレラ。そのおんぼろの服を、舞踏会にぴったりのドレスに変えてあげましょう」

「やめときなさいって。あなたは魔法がそんなに……」

「ビンダ、バンダ、ビンダリー！」

バーバラの口から飛び出る不思議な呪文。びゅん、と勢いよく振られる杖。

とたんに、流れ星のようなまばゆい光が、シンデレラの全身を包みました。

2.

あっという間の出来事でした。赤ずきんは息をのみました。

シンデレラは、水色を基調とした、優雅なドレス姿になっていたのです。そればかりではなく、金色の髪はアップにまとめられ、顔も手足も雪のように真っ白です。

「どうだい、まるで別人のようじゃないか」

バーバラの言ったことは的を射ていました。シンデレラは、さっきまでとは別人のような、赤ずきんが今までに見たこともないくらいきれいな女性に生まれ変わったのでした。

「私、舞踏会に行けるかしら？」

「ああ、行けるとも」

シンデレラの言葉に、バーバラがうなずきます。

シンデレラの顔には自信が宿ってきているようでした。

「首元に、ネックレスでもあればいいのだけれど。お母さまが持っているエメラルドのネックレスのような」

「そんなもの、なくても十分きれいだよ」

まったくだわ、と赤ずきんもうなずきます。きっと舞踏会でも映《は》えることでしょう。うらやましいわ……赤ずきんに、少女ならではのライバル心がむくむくと膨《ふく》れ上がってきます。

「ねえバーバラ」赤ずきんは魔法使いのほうを向きました。「私にも魔法をかけて」

「はあ?」

バーバラは目をぱちくりしました。

「さっき、その赤いずきんが気に入っていると言ったろうに」

「私も舞踏会に行くの」

「どうしてあんたが」

「私、人生を豊かにする旅の途中なの。諸国のいろんなものを見て回らなきゃ」

そう言いながら赤ずきんは、バスケットの中に目をやりました。クッキーの包みとワインのボトル――旅の本来の目的は、別にあります。でも、まだ旅は始まったばかり。少しぐらい寄り道したっていいわ、と赤ずきんは思ったのでした。

「そうかい、それじゃあ……」

ビンダ、バンダ、ビンダリー――。呪文と共に、赤ずきんもまた、ドレス姿になりました。赤を基調とした情熱的なデザインで、これはこれで悪くありません。ですが、なんだか足がぬるぬるします。スカートをたくし上げ……

「もう！」

赤ずきんは怒りのあまり飛び上がりました。さっきと同じく、靴が泥だらけなのです。

「悪いねえ。靴ばっかりはどうもねえ」

バーバラは頭をかきかき、バツが悪そうな顔をして言いました。

「こんな靴で、舞踏会に行けるわけないでしょ。シンデレラは大丈夫なの？」

シンデレラは足元を見つめ、首を横に振ります。

「私はもともと、裸足だから」

そういえば彼女は、姉に靴を捨てられてしまっていたのでした。

と、そのときです。

「相変わらずね、バーバラ叔母さま」

頭上で声がしました。見上げると、木の枝の先端に、まばゆい光の玉がありました。透明な帽子、透明な上着、透明なスカートに透明な靴……全身にガラスをまとった三十ばかりの女性がふわりと降りてきたのです。

「テクラ。あんた、戻って来てたのかい？」

バーバラが言います。

「しばらく里帰りでもしてきたらどうだって、旦那が言ってくれたのよ」

彼女はバーバラの姪だそうです。当然彼女も魔法使いで、もう何年も前に、はるか東方のボヘミアという国の魔法伯爵の元へお嫁に行ったということでした。ボヘミアは古くからガラス細工が盛んで、ガラスに関する魔法が進んでいるそうです。

「叔母さま、まだそんな古い杖を使っているのねえ。これじゃあ魔法をかけた日の夜中の十二時で、魔法が解けちゃうじゃない」

「ふん。いいんだよ。魔法は解けるから魔法なんだ」

「時間が短すぎるわ。ボヘミアのガラスの魔法は、七日七晩続くのよ。どうかしら、二人とも。あなたたちの靴を、ガラスの靴に変えてあげましょうか」

ガラスの靴なんて素敵だわと、赤ずきんは思いました。

「ぜひお願いするわ」

「そうこなくっちゃ。さっきも、舞踏会に行くという女の子の靴をガラスに変えてあげたばっかりよ。……あれ、あなた、裸足じゃないの」

テクラはシンデレラの足を見て言いました。

「もともと靴を履いてなきゃ、ガラスに変えられない。ねえ、叔母さまの靴をこの子に貸してあげてよ」

「ええ？　私のをかい？」

バーバラは渋っていましたが、結局自分のブーツを脱いで、シンデレラに履かせました。

それを見てテクラがぱちんと指を弾くと、赤ずきんとシンデレラの靴がガラスの靴に変わりました。

「わあ、すごい」「きれいだわ」

「いい？　さっきも言ったけれど、魔法が続くのは七日七晩よ。そのガラスの靴も、七日七晩経ったらもとの靴に戻るわ。その間は、初めに履いた人の足だけにぴったり入るようになっているの。他の人が履こうとすると、同じくらいの大きさの足の人でも、絶対に入らないのよ」

ふふ、とテクラは笑いました。

「うまくやれば、王子様のハートは、あなたたちどちらかのもの。耳を貸しなさい」

と言って、テクラは二人にある「作戦」を授けたのです。それは、たしかに素晴らしい作戦でした。

「世の中の女性の幸せが、私の幸せだわ」

テクラが微笑んだそのとき、リンゴーン、とお城のほうで鐘が鳴りました。鐘は五度、鳴ったのです。

「大変、もう五時よ。あと少しで舞踏会が始まっちゃう」

走り出そうとするシンデレラをバーバラが止めました。

「まさか、走っていく気じゃないだろうね。お城に行くんだから、馬車で行かなければ」

「馬車なんて、持っているわけないわ」

「あんたの家の納屋に、ネズミはいるかい?」

「たくさんいるわ」

バーバラはにんまりと笑いました。

「それなら、白ネズミ四匹と、黒ネズミを一匹捕まえなさい。あと、カボチャを一個、どこかから手に入れられるかい?」

はい、とシンデレラはうなずきました。

ふと赤ずきんは、シンデレラが両手に何も持っていないことに違和感を覚えました。たしかさっき、洗濯をしていなかったかしら？

3.

ガタガタと揺れながら、馬車は進んでいきます。赤ずきんは進行方向を背にして座り、向かい側には緊張した面持《おもも》ちのシンデレラがいました。

「それにしてもあのバーバラ、初めはとんでもないデタラメ魔法使いかと思ったけれど、やるときはやるのね」

緊張を和《やわ》らげるべく、赤ずきんは言いました。

「ええ」

シンデレラは答え、窓の外に目をやります。漆黒の闇の中、月の光を映す小川のせせらぎ、そして、日中にシンデレラが洗濯をしていた平たい岩が見えてきます。

ドレスとガラスの靴を手に入れたシンデレラと赤ずきんは、バーバラと共にシンデレラの家の納屋に行ったのです。

納屋の中には藁《わら》たばや荷車、すきなどが乱雑に置いてあって、かびの臭いがぷーんと漂っていました。シンデレラがぴーっと口笛を吹くと、その納屋のあちこちから、ネズミが集まってきたのです。シンデレラはいじわるな継母《ままはは》と二人の姉に母屋を追い出されてこの納屋に寝泊まりするうち、ネズミと仲良しになっていたのでした。

選び抜かれた白ネズミ四匹と、黒ネズミ一匹、それにシンデレラが畑から持ってきたカボチャを目の前に並べると、バーバラは呪文を唱えながら杖を一振りしました。すると、すっかり暗くなった夕闇の中に、大きな馬車が現れたのです。シンデレラが持ってきたばかりのカボチャが、四つの車輪を持つ立派な馬車になっているのでした。馬車の前には四頭の精悍《せいかん》な白馬。御者台《ぎょしゃ》には、タキシードとシルクハットに身を包んだ出っ歯の御者が座っていました。

「さあ、お姫様たち、乗ってください」

御者は甲高い声で言いました。さっきの黒ネズミなのだと、赤ずきんは気づきました。四頭の白馬は、同じく魔法をかけられた白ネズミたちなのでしょう。赤ずきんはなんだか楽しくなり、唯一の荷物であるバスケットを納屋の中に置かせてもらうと、シンデレラと共に馬車に乗り込みました。

「いいかい、くれぐれも気をつけるんだよ」

窓の外からバーバラが言いました。

「テクラのガラスの靴は七日七晩変わらない。だけど、私の魔法は今日の夜中の十二時になったら解けちまう。そのドレスはおんぼろの服に、この馬車だって、カボチャとネズミに戻っちまうからね」

「それまでに、王子様をとりこにしてらっしゃい」

バーバラがウィンクをするのと同時に、「ハイヨッ！」と御者台のほうから声がしました。鞭の音と共に、カボチャの馬車は動き出したのです。

「……不安だわ」

窓の外を通り過ぎていく鳩のお墓を見ながら、シンデレラはつぶやきました。

「私なんかが、舞踏会に行っていいものかしら」

「大丈夫よ。王子様の奥さんになりたくないの？」

「それはなりたいわ。前に王子様の馬車を見かけたことがあるの。あれに乗れたらどんなに幸せだろうって。でも私、お城なんて華やかなところに行ったことないもの。王子様なんて、まぶしくて目を合わせられない」

馬車は森の中の道へ入っていきました。

車輪が木の根にでも取られたのか、ぼんと二人は跳ね上がりました。シンデレラの不安をあおるように、ざわざわと木の葉の擦《こす》れ合う音が馬車を包みます。

「自信を持っていいわ、シンデレラ。あなた今、とってもきれいだもの」

あなたもきれいよ、というお返しの言葉を期待していたのですが、シンデレラはそこまで気が回らないようでした。

「本当のことを言うとね、お母さまたちに見つかるのが怖いの。私、留守番をしていることになっているから」

「あなたがあのシンデレラだなんてわかるわけない。まるで印象が違うもの。そうだ。私たち、別の名前で呼び合えばいいのよ」

考えてみれば、ドレスを着ているのに「赤ずきん」だなんて、おかしな話です。

「私はジョリー、あなたはシェリー。これでどう?」

それは赤ずきんがまだ小さい頃、よく一緒に遊んでいた二匹のリスの名前でした。シンデレラはシェリーという響きが気に入ったようで、ようやく不安な顔に笑みを浮かべました。

パカーン!

ヒヒーン!

何かが割れるような音と共に、馬がいなないたのはそのときでした。

「きゃあっ!」

かぼちゃの馬車が大きく揺れ、シンデレラが赤ずきんのほうへ飛んできました。馬車は急停車したのでした。

「た、大変です!」黒ネズミの御者の慌《あわ》てた声がします。

「ど、どうしたというの?」

二人は急いで馬車を降りました。御者はすでに御者台から降り、ランタンを片手にあたふたとしていました。木々の枝葉に囲まれたトンネルのような暗い道、ランタンの明かりの中で誰かが倒れています。

「ああ、今、その木の陰から、急にふらりと出てきやがったんです。ああ……」

赤ずきんとシンデレラはおそるおそる、倒れているその人の近くに行きました。緑色の服を着た、五十歳くらいの男の人でした。額《ひたい》に、くっきりと馬の蹄《ひづめ》の跡が付き、目を閉じています。

「まさか」

シンデレラのつぶやきを聞きつつ、赤ずきんはその人の体を揺すぶりました。

「ねえ、あなた、起きてよ、ねえ」

彼はすでに、息をしていませんでした。

「……死んでるわ」

「ああ、どうしましょう、ああ……」

黒ネズミの御者はうろたえて、馬車の周囲をただうろうろするだけです。なんでこんなことに……赤ずきんは頭を抱えたくなりました。舞踏会へ行く途中で人を轢《ひ》き殺すなんてとんでもないことです。この国の法律がどんなものか知りませんが、人を殺してただですむはずはありません。これじゃあ、旅の目的が達成できません。

「ああ、どうしましょう、ああ……」

慌てふためく黒ネズミの御者。シンデレラもさぞ焦っているだろうと赤ずきんが彼女のほうに顔を向けたそのときでした。

「静かになさい」

シンデレラは言いました。その視線は、深い深い森の奥を見ているようでもありました。そのあまりの落ち着きように、御者はぴたりと黙りました。

「お城の、見回りの兵隊さんたちに見つかったら大変だわ。この人を急いで隠しましょう」

シンデレラはそう言うと、水色のドレスを脱ぎはじめたのでした。

## 4.

なんとまぶしく、豪華な大広間なのでしょう。森じゅうの動物たちを集めてもまだ余るくらいに広く、天井には、星々を砕いて作ったようなシャンデリアが十も二十もぶらさがり、まばゆい光を放っています。床は鏡のように磨かれ、大理石の壁には大きな窓があり、カーテンはまるで天使の絹衣のようです。テーブルの上には、赤ずきんが見たこともないようなごちそうが並び、おなかをきゅうきゅうとさせる匂いを漂わせているのでした。

招待客は、百人はいるでしょうか。やはり、女性のほうが多いようです。みな、思い思いのドレスに身を包み、グラスを片手に談笑しながら、王子様が出てくるのを今か今かと待ち構えているのでした。

「お飲み物はいかがですか、お嬢さん?」

急に話しかけられた赤ずきんは、飛び上がらんばかりに驚きました。片手にトレイを載せた男性が立っていたのでした。

「ああ、ありがとうございます」

シンデレラが言って、トレイの上からグラスを二つ取りました。男性はお辞儀をして去っていきます。シンデレラはグラスの一つを何も言わず赤ずきんに差し出してきました。赤ずきんはその赤い飲み物に口をつけ、心を落ち着かせようとしました。華やかな光景に心をときめかせながらも、実際のところ、まだ心臓がどきどきしています。――今しがた、隠してきた死体。あれが悪い夢だったらいいのにと、赤ずきんは心の底から思いました。

あの男の人を、シンデレラは知っていると言いました。ハンスという、このあたりでは知られた炭焼き職人だそうです。森の中の小屋に一人で暮らし、炭を焼く傍《かたわ》ら、シカやウサギの肉を燻製《くんせい》にして売っているとのことでした。

いくらハンスのほうが急にふらりと道に出てきたからといって、彼が死んでしまったのでは轢いた馬車のほうが悪いに決まっています。その馬車の持ち主であるシンデレラや赤ずきんが罪に問われるのは目に見えていました。少々心は痛みましたが目的を達成するため、ここで旅を終えるわけにはいきません。赤ずきんもシンデレラ同様、ドレスやガラスの靴を脱いでシンデレラと死体を道の脇の茂みへ運びました。

森の道は、毎晩九時に王様の兵隊が見回りをするのだそうです。そのときに見つからないように、死体には土をかけ、さらに枯葉で隠したのでした。黒ネズミの御者の持つランタンのおぼつかない明かりでの作業中、幸いなことに誰も森の中の道を通りませんでしたが、肌着姿のシンデレラと赤ずきんは土で汚れてしまいました。

「ドレスを着れば、ごまかせるわ」

作業を終えたシンデレラはそう言うと、カボチャの馬車に乗り込みました。再び動き出したカボチャの馬車の中でドレスを着て、顔や手についた泥をハンカチで拭《ぬぐ》い終えたころ、ちょうどお城に着いたのでした。

馬車止めに御者らを残し、五十段はあろうかという階段を上って、舞踏会の会場となる大広間へ入るまで、二人は一言も口を利きませんでした。それはあたかも、森の中に残した秘密を絶対に口外しないという誓いのための沈黙のようでした。

「あっ」

グラスに口を付けつつ招待客を見回していたシンデレラが声を上げました。自分より背の低い赤ずきんの背後に回り、隠れるように身をかがめます。

「どうしたの？　シンデ……じゃなくって、シェリー」

「あの、青のドレスがお母さまよ。そして、緑色のがアンヌお姉さまだわ」

見ると、お皿に取り分けたキジの丸焼きを食べながら下品に笑っている二人の女性がいました。青色の年増のほうは焼く前のパン生地のように膨れ上がった顔、緑色のほうは対照的に痩《や》せていて背が高く、カマキリの学校の算数の先生といった感じでした。

「見つからないようにしなくっちゃ」

赤ずきんは思わず笑いました。炭焼きハンスの死体を隠していたときには驚くほど冷静だった彼女が、こんなにびくびくしているのがおかしかったからです。

「大丈夫よ。あなたはシェリー。シンデレラではないの。それに、本当にあなた、今日来ている女性の中で、一番美しいんですもの」

お世辞でも何でもなく、シンデレラは群を抜いて美しいのです。先ほどから、男性たちの視線がこちらに集まっているのを、赤ずきんは痛いくらいに感じていました。

「それに引き換え、あなたのお母さんとお姉さんはひどいものだわ。きっと王子様も、見向きもしないでしょう」

シンデレラを勇気づけようとして言いながら、赤ずきんは、あれ、と思いました。

「シェリー。お姉さんは二人いるって言ってなかった？」

「マルゴーお姉さまはケーキが好きなの。だからデザートのテーブルに行っているのかもしれないわ」

舞踏会に来ておきながら、ダンスより先に甘い物だなんて不作法な女だわ……という気持ちと、私も食べてみたいわ、という気持ちが入り混じっている赤ずきんでした。

そのとき、一段高いところに控えていたオーケストラが演奏をはじめました。招待客たちは話すのを止め、正面の舞台へ注目します。

優雅な調べに乗って、奥のカーテンから二人の男性が現れました。王冠を被り、銀色の髪の毛と銀色のひげの立派な、恰幅《かっぷく》のいい男性は王様でしょう。そしてその隣に、真っ白な夜会服に身を包んだ、長身の、とてもハンサムな王子様が立っていたのです。

なんて素敵な方なのでしょう……。赤ずきんはしばしその姿に見ほれました。

古《いにしえ》の神話から抜け出してきたような美しい顔と、均整の取れた体つき。この人が奏《かな》でる音楽はみな流れ星になり、この人が乗る馬はみなペガサスになってしまうのではないかと思われるほど、幻想的な気品をまとっていました。

「皆のもの、今宵はようこそ、わがクレール・ドゥ・リュヌ城の舞踏会へ」

熊が吠えたかと思うくらいによく響く声で、王様が言いました。

「今宵の舞踏会は、わが王子の妃《きさき》を探すための会でもある。若い娘たちは皆、王子に誘われたなら、遠慮することなくダンスを共にするがいい。さあ王子よ、初めの相手を選びなさい」

王子様は少し恥ずかしそうに招待客たちを見回していましたが、やがてその視線が一点で止まりました。自分に向けられているようで自分でないことを、赤ずきんはわかっていました。

歩み寄ってきた王子様が手を差し出した相手はもちろん、赤ずきんの隣にいたシンデレラでした。

「踊っていただけますね」

「……はい」

おずおずと伸ばされたシンデレラの手を、王子様が取ったその瞬間、オーケストラがワルツを奏ではじめました。優雅な円を描く二人。周囲の娘たちもそれぞれ、相手を見つけて踊ります。

「私と踊っていただけませんか？」

赤ずきんもまた、声をかけられました。王様のお付きの者と思《おぼ》しきその男性は、ずんぐりむっくりとしていて、顔も残念ながらまったく赤ずきんの好みではありませんでした。でも、断るわけにはいきません。

赤ずきんはその男性の手を取り、見よう見まねで足を動かします。でも、赤ずきんはダンスなど踊ったことはありません。お母さんと住んでいた森のそばの小さな村では、こんな優雅な舞踏会など、開かれたことがなかったからです。

赤ずきんは踊れない自分を情けなく、恥ずかしく思いました。すると、

「大丈夫です。私に任せて」

ずんぐりむっくりな彼は、優しく微笑み、赤ずきんをリードします。初めは気が乗らなかった赤ずきんですが、次第に心がほぐれてきて、彼の動きに体を委《ゆだ》ねました。するとどうでしょう。

すんなり足が動いていくのでした。さすがお城に勤めている人は、教養の一部としてダンスも身に付けているものと見えます。こんな醜男《ぶおとこ》でも、ちょっとは素敵に見えてくるのだから、舞踏会って不思議です。

「きゃっ！」

隣で踊っていた女性が転んでしまいました。その足を見て、赤ずきんははっとしました。

「あの人、私と同じガラスの靴を履いているわ」

間違いありません。ボヘミアの魔法使い、テクラのガラスの靴です。デザインまでまったく一緒なのです。

「彼女だけじゃないよ」

ずんぐりむっくりは楽しそうに言いました。

「あちらのご婦人も、あっちのお嬢さんもだ」

赤ずきんは踊りながら周囲の女性の足元を観察します。驚いたことに、半数くらいの女性がガラスの靴を履いているのでした。

「流行《はや》りものを見つけることにかけては、どんな目のいい鷹でも、ご婦人にかなわないね」

冗談めかすずんぐりむっくりに「ええ」とごまかし笑いを返しながら、赤ずきんはあのテクラという、どことなく子どもっぽい魔法使いを思い出していました。

——さっきも、舞踏会に行くという女の子の靴をガラスに変えてあげたばっかりよ。

——世の中の女性の幸せが、私の幸せだわ。

今日が舞踏会だと知ったテクラはきっと、手あたり次第に声をかけ、女性たちにお得意のガラスの靴をプレゼントしていったに違いありません。

全部同じデザインにしなくったっていいじゃない。心の中で、赤ずきんは文句を言いました。

シンデレラはどうしているかしらとその姿を探すと、王子様と見つめ合いながら、氷の上を滑るようにワルツを踊っています。

本当にきれいだわ。

テクラへのいらいらも忘れ、赤ずきんは素直に思いました。私ももっと、素敵な男性と踊りたい……。

「ありがとう」

曲の切れ目でお礼を言うと、まだ踊りたそうなずんぐりむっくりから離れ、赤ずきんは別の男性の誘いを待ちました。

「お嬢さん、私と踊ってください」

すぐに一人の男性がやってきました。ずんぐりむっくりよりはいくぶんハンサムな男性でした。ずんぐりむっくりのおかげで少しダンスに自信を持てるようになった赤ずきんはそのあと、存分に舞踏会を楽しみました。バイオリンやピアノの優雅な響きの中で、時間も、死体のことも忘れて――。

「王様！」

無骨な声が大広間に響いたのは、どれくらい時間が経った頃だったでしょうか。凍り付いたように音楽が止まり、ダンスも止まります。

カチャカチャと音を立てながら鎧《よろい》を着た一人の兵隊が進んでいきます。舞踏会にはまったく似つかわしくない殺気を漂わせた彼がまっすぐ向かったのは、舞台中央の玉座で舞踏会を眺めていた王様のもとでした。赤ずきんの胸がざわつきます。

兵隊は王様のそばへかがみ込み、何やら耳打ちをしました。王様の顔は一瞬にして険しくなりました。そのあと、しばらく兵隊と話していた王様ですが、やがてすっくと立ち上がりました。

「皆の者！　すまないが、舞踏会は中断だ！　先ほど、森の中で死体が見つかった。わが臣民《しんみん》、炭焼きハンスであるとのことだ」

赤ずきんは夢の世界から、一気に現実へと引き戻されました。

## 5.

「ハンスの額には馬の蹄の形をした傷、後頭部に何かがぶつかった傷が残されていた。状況から見て、馬車の馬に額を蹴られて倒れ、そこにあった石に頭をぶつけて絶命したものと思われる」

王様は続けました。

「死体は、道の脇に枯葉で覆われていたとのことである。わが見回り兵が注意深かったから見つけられたようなものの、何者かが故意に死体を隠そうとしたことは明白である！」

赤ずきんはシンデレラのほうを見ました。シンデレラが蒼白な顔でこちらを見ています。招待客たちのざわめきは大きくなっていきます。

「知っておる者も多いだろうが、ハンスはわが城に炭と燻製を納めておった。ハンスの燻製は近隣諸国にも評判であり、外交と交易に欠かせぬものでもあった。ハンスを失うことは、わがクレール・ドゥ・リュヌ国の国益を失うことである」

赤ずきんは震え上がります。そんなに重要な人物だったとは……。

「この中にハンスを殺《あや》めた馬車の持ち主がいるはずだ。即刻、名乗り出よ！」

先ほどまでこの世で一番楽しかった大広間は、今や脱出不可能な洞窟のような恐怖のしじまに沈んでいました。名乗り出られるわけはありません。

すると、先ほどの兵隊が再び、王様に耳打ちをしました。王様はうなずくと、また声を張り上げます。

「ただいまより、わが兵が今宵この城へやってきた馬車をすべて検《あらた》める！　血の付いている馬車の持ち主が、ハンスを殺した者ぞ！」

背中に、冷水を浴びせられたようでした。シンデレラはすでに、死刑を宣告されたような表情をしていました。

そのわずか一分後、見回り兵たちと共に舞踏会の客人たちはぞろぞろと階段を下りていました。馬車はお城の壁に沿って、ずらりと駐《と》められていました。ざっと四十台はあるでしょうか。それぞれの御者たちは皆、何があったのかという顔です。見回り兵はいつの間にか部下を四人従えており、五人で一台一台、馬車を検分していきます。

赤ずきんとシンデレラは人目を盗むようにして、早足でカボチャの馬車のもとへと歩いていきました。二人は舞踏会が始まる時間のぎりぎりに来たので、階段から最も遠い所へ駐めてありました。もし血が付いていたら、すぐに拭わねばなりません。

「どうか、したんですか？」

カボチャの馬車の前までやってくると、黒ネズミの御者がぴょこんと御者台から飛び降りて訊ねました。二人は早口で、王様が告げたことを説明しました。ハンスの死体が発見されたことにこそ驚いていた御者ですが、すべてを聞き受けると出っ歯を見せてにやりと笑い、一頭の白馬の首にぽんと手を置きました。

「血はたしかに、こいつの足に付いていました。ですがもう、流しちまいました」

「えっ？」

「うまい具合に、あっちに泉がありましてね、おいら、口に水を含んで運んできては、ぺっとこいつの足に吐きかけて、洗ってやったんです。他の馬車の御者どもにはもちろん気づかれていません。それから、車体にも血は飛び散ってて、こっちはうまく洗い流せなかったんですがね」

黒ネズミの御者の視線の先を追うと、カボチャの車体の一部が、削り取られていました。

「おいらが、かじっておきました」

「まあ、なんて素敵なネズミなの」

シンデレラは思わずといったように、黒ネズミの御者に抱きつきました。赤ずきんは安堵してその場に崩れ落ちそうになりました。でも、油断はできません。見回り兵は何かから、ハンスを轢き殺したのはこの馬車であることを突き止めるかもしれないのです。

「それにしても、時間がないですよ」

黒ネズミの御者は、赤ずきんとは別の心配事を口にしました。

「バーバラ婆さんがおいらたちにかけた魔法は、十二時になると、解けちまうんでしょう？」

そうでした。赤ずきんは慌ててお城の時計塔を見上げます。すでに時刻は十一時を回っていました。

「まずいわ。今すぐ帰りましょう」

赤ずきんは馬車に乗り込もうとしましたが、シンデレラが止めました。

「今この場から立ち去るのは、疑ってくださいと言うようなものよ。追いかけられて捕まったらどうするの」

言われてみればそうです。二人はじっと待つよりほか、ありませんでした。

カボチャの馬車のもとへ見回り兵がやってきたのはそれから四十分もあとのことでした。変わった馬車だとかなんとかつぶやきながら調べる五人は、すでに疲れているようでした。

「やはり、血の跡など付いていないな」

泉の水で洗い流したということには、考えが及ばないようでした。

「隊長！」

一人の兵が走り寄ってきました。

「王様がお呼びです。運ばれてきたハンスの遺体を侍医《じい》のやつが調べたところ、新たなことがわかったということで」

時計はもう十一時四十五分を指しています。それでも二人は、「新たなこと」というのが何なのか聞かずにはいられず、見回り兵たちと共に階段の下まで戻りました。

そこには、不安な顔をした舞踏会の招待客たちの輪ができていました。輪の真ん中にいるのは王様と王子様、それに丸い眼鏡をかけた背の低い老人でした。彼が侍医のようです。

「あー、うー、先ほど、運ばれてきたハンスの遺体じゃが」

侍医はもったいぶって、報告をはじめました。

「あー、うー、血の固まり具合から、額の傷より、後頭部の傷のほうが、ずっと先に付けられたものじゃということがわかったぞい」

なんですって……？　赤ずきんは思わず、シンデレラの顔を見ました。

「それもかなり強い力でな、あー、うー、おそらくハンスは後ろから殴られて死んだあと、あー、少し経ってから、馬に轢かれたんじゃろうて」

「間違いないのか」

見回り兵より先に、王様が問いました。侍医は恐縮しながら、こくこくと二回うなずきました。

「あー、たぶん夕方、うー、暗くなる前には、死んどったんじゃなかろうかと存じます」

ということは……馬車の前にふらりと出てきたとき、すでにハンスは死んでいたことになります。

あまりに不可解なことに、赤ずきんは混乱してきました。死してなお、この世を徘徊《はいかい》するという、トランシルヴァニアの怪物だとでもいうのでしょうか。

「あの……、恐れながら王様」

そのとき、招待客の中から一歩進み出た者がいました。焼く前のパン生地のような、ぷっくら膨らんだ生白い顔のあの女性は、シンデレラの継母、イザベラです。王様は怪訝《けげん》な顔をしていました。

「炭焼きハンスは、王様の信頼の厚い者ですので、言いにくかったのですが」

「申してみよ」

「あの男は、五十を過ぎながら若い娘が大好きで、独り身なのをいいことに、炭焼き小屋に若い娘を引っ張り込んでは乱暴をしていたのです」

赤ずきんは驚きましたが、周囲には同意するような空気が広がりました。

「……そうなの？」

シンデレラに小声で訊ねると、シンデレラは「私も、知らなかったわ」と返事をしました。

イザベラが続けます。

「ハンスは自分が王様から目をかけられていることを盾に、娘たちに口止めをしていたのです。この中には、ハンスを恨《うら》む者が大勢いるかと」

「あのハンスが……信じられぬ。嘘は大罪であるぞ」

「う、う、嘘だなんて。天と地と、森羅万象《しんらばんしょう》に誓いまして真実でございます」

イザベラは縮み上がりました。そんな彼女に口添えしたのは、意外な人物でした。

「父君、実はハンスについては私も一言ございます」

王子様です。一同は注目しました。

「昨日ハンスは、城へ燻製を届けたついでに私の部屋を訪れたのです」

——明日の舞踏会には、娘たちがさぞめかしこんで来るんでしょうな、羨《うらや》ましい限りですや。

王子様にそう告げたハンスは、あろうことか「一人二人、私にも相手をさせていただきたい」と言ったそうです。それがいかがわしい意味であることは王子様にもわかりました。王子様は突っぱねましたが、ハンスはにやにや笑うだけだったそうです。

「なぜ人を呼ばなかった？　呼べばハンスなどつまみ出すことができたろう」

「……私は、ハンスに弱みを握られていたのです」

「弱み？」

王子様はためらうように目を伏せていましたが、やがて意を決したように王様の顔を見ました。

「申し訳ありません。五年前、父君の大切にしていた泉の白鳥を殺したのは、私だったのです」

害鳥を退治するための毒入りの餌《えさ》を、王子様は誤って泉に撒《ま》いてしまったそうです。その日のうちに白鳥は全滅してしまい、王様は「誰がやったのだ！　首を斬ってやるから出てこい！」と、怒り狂いました。その姿に、王子様は自分がやったのだと言い出すことができなかったのだそうです。

「私が毒入りの餌を撒くところを、ハンスは物陰で見ていたのです。それで、ことあるごとにハンスにゆすられるようになっておりました」

「そうであったか……」

王様は驚きと憐《あわれ》みの混じりあった表情で王子様を見ていましたが、

「もう白鳥のことは怒っておらぬ」

「本当ですか、父君」

「五年も前のことをとがめても仕方あるまい。それより、お前はそのハンスのいかがわしい頼みを聞き入れたわけではあるまいな」

「滅相もありません。ですがその代わり、私の大事にしているサファイアの付いたサーベルをやるということにいたしました」

「あのサーベルを」

「はい。今日の夕方の四時半ごろ、使いの者に小屋に届けさせる約束をしました。ですが今日になってサーベルが惜しくなってしまい、私は約束を破ったのです。ハンスのもとには、誰も送りませんでした。ですから舞踏会が始まってからも、ハンスが乗り込んでこぬかと気が気ではなかったのですが、まさか死体となって運ばれてくるとは……」

王子様の嘆きを、皆憐れんでいるようでした。

「父君、それから、お集まりの皆さま、今の話でおわかりになったと思いますが、この私にはハンスを殺める動機があります。しかし神に誓います。私はそのようなこと、しておりません」

「もうよい、わかっておる」

王様が静かに言います。

「お前は今日一日、舞踏会に向けてダンスの練習に励んでおった。私の他にも多くの者が証明する。ハンスを殺す時間などあろうはずがなかった」

一同に、安堵の静けさが流れます。

「王子様が人など殺すはずはないわ」

シンデレラが強い口調で言いました。その声に王子様が目を向けました。微かに微笑んでいるようでした。

そのとき、

――リーン、ゴーン
赤ずきんは塔に目をやります。

「12」の文字の上で、長い針と短い針がぴったり重なっていました！　赤ずきんとシンデレラは顔を見合わす間もなく、カボチャの馬車へと走りました。

「お待ちください！」

王子様が追いかけてきます。

「ごめんなさい、王子様、私たち、帰らなければならないのです」

シンデレラは走りながら悲痛な声で叫びました。

――リーン、ゴーン
無情にも鐘は鳴り続けます。二人はカボチャの馬車に乗り込み、ドアを閉めました。追いついてきた王子様が、窓に縋《すが》り付きます。

「せめて、お名前を」

ごめんなさい、とシンデレラは首を振ります。赤ずきんはテクラの作戦を思い出し、シンデレラの左ひざをぽんぽんと叩きました。シンデレラははっとしたような顔をして、左足の靴を脱ぎました。

――リーン、ゴーン
「これを！」

シンデレラがガラスの靴を王子様に手渡した直後、「ハイヨッ」と黒ネズミの御者が鞭をしならせ、馬車はものすごい速さで走り出しました。唖然《あぜん》とする招待客の前を馬車は駆け抜けます。

お城はどんどん遠くなっていきます。

――リーン、ゴーン

もう、鐘はいくつ鳴ったのでしょうか。最後の鐘が鳴るまでに、できるだけ遠くに行かなければなりません。とにかく急いでいたので、感傷などあったものではありませんでした。

「黒ネズミ、森ではなく、小川のほうへ！」

シンデレラが叫びました。馬車は左に急旋回し、どんどん走っていきます。そして、

――リーン、ゴ――ン

ひときわ大きな鐘の余韻が消えたそのとき、赤ずきんは草の上に投げ出されたのでした。目の前には煌々《こうこう》と灯るランタン（これだけは、シンデレラが納屋から持ってきた、魔法のかかっていないものでした）と、薄汚いカボチャ、一匹の黒ネズミ、四匹の白ネズミ、それに、ぼろを着た女の子がいるだけでした。

## 6.

先ほどまでのきらびやかな世界が、まるで遠い国のおとぎ話のようでした。夜の小川は、静寂から静寂へと水を運ぶように、しゃりしゃりと流れています。そんな小川沿いを、赤ずきんとシンデレラは岩づたいに裸足で歩いているのでした。

「ごめんなさいね、もう少しだから」

先を行くシンデレラが言いました。

「気にしないで。夜の小川も、気持ちがいいわ」

赤ずきんはそう答えましたが、実際はへとへとでした。慣れないダンスに夢中になっていたこ

ともありますが、ハンスの死体が見つかってしまったことにはじまる混乱で、頭の中がめちゃめちゃになっていたのです。

「王子様、本当に来てくれるかしら」

「来てくれるわよ」

赤ずきんは確信をもって答えました。

ボヘミアの魔法使い、テクラの作戦は単純なものでした。お城を去るときに、片方のガラスの靴を残しておけばいいというのです。もう一度シンデレラに会いたくなった王子様は、翌日になってガラスの靴を片手に若い娘のいる家を訪ねて回るに違いありません。テクラによる魔法のガラスの靴は、たとえ同じ足のサイズでも、初めに履いた人以外の足には入らないようになっていますから、いくら身なりが汚いシンデレラでも、その足が靴にぴったり入れば、王子様は意中の人とわかってくれるに違いないのです。

なんて素敵な話なのでしょう。明日の今頃、シンデレラは王子様のお妃として、お城に迎え入れられているかもしれません。そう考えると、ぼろを着るこの最後の夜が、どこか感慨深くもあります。

そんなことを赤ずきんが考えていると、ひょいとシンデレラが何かを飛び越えました。

「いばらの蔓《つる》があるから、踏まないようにね」

「わかったわ」

両手にガラスの靴を持ったまま、赤ずきんもいばらの蔓を飛び越えました。

さっきシンデレラが、まだ御者だった黒ネズミに森の道を避けて小川を目指すように命じたのは、このいばらが理由だったのです。このとげだらけの植物は、森のいたるところに生えていて、ガラスの靴を片方残してきてしまったシンデレラが歩けるはずはありません。その点、小川沿いの岩はすべすべしており、いばらも少ししか生えていないので歩きやすいというのです。アンヌという姉にさんざんキイチゴを取りに行かされた経験に基づく知恵でした。ガラスの靴では岩の上は歩きにくいので、赤ずきんもシンデレラと同じく裸足になっているのです。

「またいばらよ」

「はい」

ぴょんと赤ずきんが飛び越えたそのいばらの蔓の先端は、小川の中に浸っており、何か白いものが引っ掛かって揺れていました。何かしら……と赤ずきんが目をこらしたそのとき、

「ハンスのことだけど」

前を行くシンデレラが突然言いました。

「本当に、私たちがやったとはわからないわよね」

「わからないと思うわ。蹄の形を実際の馬の蹄と照合されたら危なかったかもしれないけどね」

そんなことはもうできるわけはありません。四頭の白馬はもう、白ネズミに戻ってしまったのですから。カボチャのほうは砕いて、川に流してしまいました。

「あのお医者さん、ハンスが死んだのは馬車に轢かれるより前だと言っていたけれど、本当かしら」

「さあ」とシンデレラは首をすくめます。「それだったら、私たちが殺したんじゃないということになるわね」

「でも、だとしたら、誰がハンスを殺したというの？」

「わからないわ。どっちにしても、私たちとハンスの死体を結びつけるものは、もうこの世には残っていない。気にするのはやめましょう」

二人の会話を聞いているのは、シンデレラの服のポケットの中で身を寄せ合っている、白黒五匹のネズミだけでした。

それきり黙って五分ほど小川沿いを行くと、赤ずきんがシンデレラと出会った平たい岩のところへ出ました。二人はそのまま、シンデレラの家までやってきました。明かりはついていませんでした。継母とお姉さんたちはまだ帰ってきていないようでした。舞踏会は夜通しやるとのことでしたが、再開されたのでしょうか。

「どうぞ」

シンデレラは納屋の扉を開きました。かびの臭いが赤ずきんの鼻をつきます。ランタンの明かりの中、赤ずきんの目にはドアの脇にある小さな木の棚が見えました。靴箱のようですが、何も置かれていません。

「ベッドなんてないけれど。ごめんなさいね」

シンデレラはどさっと、藁の上に倒れ込みました。その横に、赤ずきんも身を横たえます。

「おやすみなさい」

シンデレラがつぶやき、ランタンが消されました。

「おやすみなさい」

赤ずきんは、目を閉じました。

# 7.

シンデレラはすぐに寝息をたてはじめましたが、赤ずきんは眠れませんでした。体は疲れているのに、妙に頭が冴えるのです。この納屋を満たす、かびの臭いも気になりました。

赤ずきんだって、裕福な家で育ったわけではありません。森のそばの小さな村の家で木を組み立てて作ったベッドに、ほとんど大きなハンカチのような薄い布団をかけて寝ていたのです。

それでもあの家は清潔でした。こんな納屋、冷静になってみれば馬や牛が寝るところであって、人間が押し込まれていていいものではありません。あらためて、赤ずきんはシンデレラを哀《あわ》れに思いました。

ちょっと気分転換に外でも歩きましょう。

手探りでガラスの靴を履きました。バスケットの中のクッキーの包みの下からマッチを取り出すと、シュッと擦り、ランタンを見つけて火を入れました。

納屋を出ると、あたりはひっそりとしていました。周囲にもぽつぽつと家は建っていますが、寝静まっているのか、はたまた舞踏会から帰ってきていないのか、死んだように静かです。森のほうはどうかしら、と赤ずきんは思いました。

やがて、森の出入り口へとたどり着きました。

ふと、人のざわめきのようなものが聞こえた気がしました。

「あれ?」

赤ずきんは妙なことに気づきました。森の中から、ふらふらと黄色い影が歩いてくるのです。

「えっ？　えっ？」

その影は、赤ずきんを認めると、かっと目を見開き、だだだっと走って向かってきました。首元に狐のしっぽで作ったような襟巻きをして、黄色いドレスを着た、背の低い女の人でした。

「助けてえ！」

「えっ？　えっ？　えっ？」

彼女はものすごい勢いで、赤ずきんの両肩をつかみました。

「ひっ！」

赤ずきんは叫びます。髪はぼさぼさで、額には一筋の血が垂れ、目の下に真っ黒な隈《くま》ができています。悪魔——その言葉が頭をよぎり、足がすくみました。

「な、なんなの？」恐怖の中、ようやく、それだけ言えました。

「私はマルゴー。追われているの！」

マルゴー……その名を思い出すのに、赤ずきんは数秒かかりました。

「シンデレラの、下のお姉さん？」

「あの子を知ってるの？」

「ええ。お友だちよ」

「あの子に友だちなんて……まあ、今それはどうでもいいわ。助けて。私、今、追われているの。お城の兵隊たちに」

「どうして？　何かしたの？」

赤ずきんの顔を見詰めたまま、マルゴーの目から大粒の涙がぼろぼろと零《こぼ》れ落ちます。

「私、人を、殺しちゃった……」

「えっ？」

「炭焼きハンスを、殺したの」

まさかの自白に、赤ずきんはぞっとしました。

「今日のお昼、ハンスから私に手紙があったの。『世界一おいしいケーキを手に入れたから、特別に分けてあげよう。夕方の四時過ぎに待っている』……って。私、ケーキに目がないから、四時過ぎにハンスの小屋に行った。そこで、ハンスに襲われたのよ」

「襲われた？」

ハンスが若い娘が好きだと、イザベラが言っていたことを赤ずきんは思い出しました。

「小屋のドアを開けたとたんに後ろから殴られたの。私の目の前にその石が転がったようだわ。気が遠くなりそうになりながら振り向こうとしたところで、もう一発。そのあとはよく覚えていないんだけど……とにかく目が覚めたら頭が痛くて、ここのあたりが……」

ランタンでマルゴーの頭を照らすと、大きな傷と、小さな傷がありました。

「ふと気づくと、目の前にハンスが倒れていて、息をしてなかった。血がついた石があって、それにこれ……」

マルゴーは赤ずきんに何かを見せました。それは、緑色の宝石の付いたネックレスでした。

「これは？」

「お母さまの大事にしているエメラルドのネックレスで、舞踏会にもしていく予定だったのに、ハンスの死体のポケットから覗いていた。ハンスはこれを盗んだに違いないわ。私は殴られて気を失ったあと、きっとすぐに目が覚めて、きっとハンスが憎くなって、きっと石で……」

「きっと、きっと、きっとって、あなたがやったんでしょ？」

「覚えていないのよ」

マルゴーの目からは再び、涙が零れ落ちます。

「でも、どう考えても、私しかいないじゃない！」

どうも錯乱しているようでした。

「落ち着いて、マルゴー。ハンスが死んでるのに気づいて、あなたはどうしたの？」

「なんとか、ごまかさなきゃって思った。それでいろいろ小屋の周りを見たら、炭焼き窯の近くに荷車があった。それにハンスを乗せて森の中を進んで、ハンスを抱えたまま、道の脇の木の陰に隠れて、馬車が来るのを待ったのよ」

赤ずきんははっとしました。

「馬車に轢かせて、それが原因で死んだと見せかけようとしたわけね？」

「そう。私は少ししてやってきた馬車の前にハンスを放り出したの。馬がハンスを蹴る音を聞きながら、一目散に森の中へ駆け戻った」

その馬車というのは、赤ずきんとシンデレラが乗っていたカボチャの馬車に違いありません。黒ネズミの御者があたふたしている横で、シンデレラが森の奥を見ていたように感じたのは、走り去るマルゴーの気配を感じ取っていたからなのかもしれない。赤ずきんはそう思いながら、さらに質問します。

「そのあとは？」

「舞踏会に行くはずだったけど、とてもそんな気分にはなれなかった。王様たちにバレたらどうしようって。家に帰る気も起きず、そのまま森にいたら、さっき見回り兵に見つかって。そしたらちょっとほっとしちゃって、何があったのか、ここまでのことを話したの。だけど捕まって、この先どんなことが私に起きるのか考えたら、逆に怖くなっちゃって。それで……」

そこまでマルゴーが言ったとき、

「いたぞ！」

大勢の男たちが走ってきました。

「ぎゃああ！」

マルゴーは取り乱し、がりっと赤ずきんの顔を引っかきました。

「いたっ！　何するのよ！」

赤ずきんはとっさにマルゴーの腕を捻り上げました。そんなことは今までしたことなかったのですが、なぜかしっかり腕を取っていました。そして、すぐさまやってきた見回り兵たちにマルゴーを突き出したのです。

「さあ、お望みのマルゴーよ。連れていきなさい」

「なによ、助けてくれるって言ったじゃない！」

「そんなこと、一言も言ってないわ」

赤ずきんは袖をぱんぱんと払いました。

「嘘つき！　薄情者！　うわぁ、うわぁう！」

生け捕りにされたドラゴンのようにわめきながら、マルゴーは見回り兵たちに連れて行かれました。――と、そんなマルゴーの襟巻きに、何かがきらりと光っているのが見え、それがやけに気になりました。

なんでしょう、この胸のざわめきは。

実はマルゴーの頭の傷を見たときから、赤ずきんの心には何かがひっかかっているのです。いや、それ以前からずっと、何かがおかしいと思っていたのに違いありませんでした。

「ご協力ありがとうございました」

声に振り向くと、兵隊と一緒にやってきた、一人だけ身なりの違う男性が残っていました。直立不動で言うその人をランタンで照らし、「あっ」と赤ずきんは声を漏らしました。舞踏会で一緒に踊った、ずんぐりむっくりだったのです。

「私は、王様の侍従長です。あなたは？」

彼は赤ずきんのことに気づいていない様子でした。あのときはドレス姿だったので無理もありません。それにしても、侍従長だなんて、ずいぶんえらい人だったようです。

「私は赤ずきんよ」

「そうですか。本当にありがとう。王様にいい報告ができそうです」

ハンスを殺した犯人を捕まえたことを言っているのでしょう。ですが赤ずきんは、そうは思えませんでした。

「ねえ。本当に、あの人かしら」

赤ずきんの疑問に、ずんぐりむっくりの侍従長は「はい？」と訊き返しました。

「マルゴーの頭にあった傷。あれは自分でつけたものではなかった。誰かに殴られたものよ。それで気を失ったマルゴーは、床に倒れてしまったんだわ」

「ハンスに殴られたのではないですか？」

「だとしたら、ハンスを殴ったのは誰なの？」

自問しているような感覚でした。ハンスを殴った者は、別にいる。気を失い、記憶があやふやなマルゴーは錯乱し、それを自分の仕業だと勘違いしたのではないでしょうか。それに、ハンスがイザベラのネックレスを盗んだとマルゴーは言っていましたが、そんなに簡単にハンスが家に入り込めるものでしょうか。あのネックレスを盗んだのが、ハンスではないのだとしたら……。

「えっ？」

その瞬間、赤ずきんの頭の中で、今までの小さな違和感がすべてつながったのでした。しかしまだ、憶測でしかありません。何か証拠は見つからないでしょうか。

「侍従長さん」

少し考えたあとで、赤ずきんは口を開きました。

「もしよかったら、私の夜の散歩に付き合っていただけないかしら？」

侍従長は不思議そうな顔をしましたが、やがて嬉しそうに微笑みました。

「喜んで。赤ずきんさん」

## 8.

青い空です。

空気は澄んで、妖精の吐息のようなそよ風が頬を撫でます。空には小鳥が戯《たわむ》れ、どこかからのんびりとした牛の鳴き声が聞こえます。

小川のせせらぎ、暖かい日の光、目に優しい緑。本当に美しい国だわ、あんな事件さえ起きなければ。――ガラスの靴を履いた赤ずきんは、ゆっくりと、その家に向かって行きました。

納屋からほど近い木に棒を渡し、シーツを干している女の子がいました。つぎはぎだらけの服を着た、シンデレラでした。

「おはよう」

声をかけると、彼女は「まあ！」と赤ずきんに駆け寄ってきました。

「どこへ行っていたの？　起きたらいなかったから心配したわ。バスケットも置きっぱなしで」

赤ずきんはこれには応えず、ちょっと肩を上げただけでした。

「まあいいわ。それより聞いて。今朝早くに、見回り兵がうちに来て、とんでもないことを教えてくれたの。ハンスを殺した犯人は、マルゴーお姉さまだったんですって！」

シンデレラは火山が噴火したような興奮ぶりでした。

「お姉さまは昨日、舞踏会に行く前にケーキにつられてハンスの小屋へ行ったんだそうよ。そこでハンスに襲われて、逆に殺してしまったんですって。そのハンスの死体を、馬車に轢かれたように見せかけるため、木の陰から私たちの馬車の前にハンスを放り出したのよ」

赤ずきんが口を挟む隙《すき》を与えず、話し続けます。

「お母さまとアンヌお姉さまはショックで寝込んでしまったけれど、私は安心したわ。やっぱり、白ネズミの馬に蹴られる前からハンスは死んでいたのよ。もともと私たちは悪くなかったの！」

「ねえシンデレラ、あなたの手はどうしてそんなに細かい切り傷だらけなの？」

赤ずきんはシンデレラを無視するように質問をしました。「えっ」と、シンデレラは不思議そうな顔をし、自分の手に目を落とします。

「昨日も言ったでしょ。キイチゴを摘むときについてしまうのよ。いばらがあるものだから。それが何か……」

「ねえシンデレラ、あなたの足はどうして裸足なの？」

「靴がないからよ。アンヌお姉さまに捨てられてしまったって言ったじゃない。どうして今さらそんなことを……」

「ねえシンデレラ」

赤ずきんは人差し指を立てると、シンデレラの顔に突き付けました。

「あなたの犯罪計画は、どうしてそんなに杜撰《ずさん》なの？」

シンデレラは口を結び、赤ずきんの顔をじっと見つめました。驚くほど冷静な、蛇のような目でした。氷のような時間が過ぎたあと、シンデレラは落ち着いた口調で答えました。

「何を言っているのか、わからないわ」

「バスケットを預かってくれてありがとう」

勝手に納屋に入っていく赤ずきんを、シンデレラはじっと見送るだけです。

バスケットを持って赤ずきんが納屋から出ると、ちょうどぱかぱかと、馬の蹄の音が聞こえてきました。金や宝石で飾り立てた立派な馬車――兵隊たちと、あのずんぐりむっくりの侍従長も一緒です。

馬車は二人の前まで来て停まると、扉が開きました。中から現れたのは、王子様でした。かっちりした紺色の軍服に黄色い肩章が映えています。夜会服とはまた雰囲気が違って、やはりとても素敵でした。

「王子様……」

さっきまでの蛇の目はどこへやら、シンデレラは恋する少女の顔に戻っていました。侍従長が一歩、前へ出ます。

「王子様は、この靴の持ち主を探しておる」

もったいぶった口調で彼が見せたのは、左足だけのガラスの靴でした。

「なんでもこのガラスの靴は、持ち主以外の足にはぴったりと入らぬとのことである。娘、名を申すがよい」

「シンデレラと申します」

「シンデレラよ、左足を出すがよい」

シンデレラはうなずき、スカートを少し上げ、左足を差し出しました。緊張した面持ちです。

同時に、すべてはこの瞬間のためにあったという、達成感と希望も見て取れました。

侍従長は彼女の前にガラスの靴を置きました。シンデレラのきれいな足が、靴に入っていきます。――まるで吸い込まれるようにぴったりと、その足はガラスの靴に収まりました。

「ぴったりでございます！」

侍従長が告げると、王子様は一歩シンデレラの前に出て、その顔を見つめました。シンデレラの目はすでに、幸せの日々を映しているかのようにうるんでいます。

そして、王子様の口がついに開きました。

「この娘を――、逮捕せよ」

「えっ？」

機敏な動きで兵隊たちが、シンデレラの腕をつかみます。

「ど、どうしてです、なぜ私が……」

「シンデレラ。このガラスの靴は、昨日あなたが王子様に渡したものではないの。鳩のお墓の中から掘り起こしたものなのよ」

赤ずきんの言葉に、シンデレラの顔がさっと変わりました。

「当然、右の靴も一緒にね。侍従長さん」

侍従長が、隠し持っていた右の靴を見せました。そのヒール部分は、欠けていました。

「初めに会ったときからおかしいと思っていたのは、アンヌ姉さんの話だわ。キイチゴのジャムが好きなはずなのに、あなたの靴を捨ててしまうなんて。靴を捨ててしまったら、もういばらのとげのある森の中にあなたは入れなくなってしまうもの。いくら意地悪でも、そんな軽率なことはしないはず。あなたが裸足だったのには、別の理由があった。あなた、私に会う前にすでに、一足しか持っていない靴をガラスの靴に変えてもらっていたんでしょう？」

「何を言い出すのかと思えば」

シンデレラは顔をひきつらせて笑いました。

「証人だっているわ。いや、証魔法使いと言ったほうがいいかしら」

「私のことね？」

ぴかりと頭上で何かが光ったかと思うと、あのボヘミアの魔法使い、テクラがゆっくりと降りてきました。王子様や侍従長は息をひそめてその様子を見守るばかりです。

「テクラ。あなたは、このおんぼろの服を着た女の子の靴を、ガラスの靴に変えたわね」

「ええ。昨日、森の中でばったり出会ってね。まさかその少し後に小川沿いで出会ったドレス姿の女の子が、同じ子だとは気づかなかったわ」

ぼわん、と音がして、今度は老魔女のバーバラが現れました。

「そりゃそうだろうよ。私の魔法でまるで別人のような姿になったんだから。同じ子に、二度もガラスの靴を与えるなんてことをしてしまっても、しょうがないわ」

「嘘よ、嘘つき魔法使い！」

シンデレラは叫びますが、

「嘘じゃないわ」「嘘じゃないね」

二人の魔法使いは揃《そろ》って首を振ります。赤ずきんはテクラに訊ねました。

「初めに彼女の靴をガラスの靴に変えてあげようとしたとき、彼女は森の中で何をしていたの？」

「緑色の服のおじさんと何かを話していたけれど、青ざめていたわ」

「おじさんは手に何かを持っていなかったかしら」

「きれいなエメラルドのネックレスを持っていたのよ」

赤ずきんはシンデレラのほうを向きました。

「イザベラのネックレスを盗んだのはあなたね。あなたは、舞踏会に行く継母のイザベラと二人の姉が憎かった。せめてもの腹いせに、イザベラが大事にしているネックレスを盗んで、森の中に隠そうとしたのよ。ところがそれをハンスに見つかってしまった。ハンスはあなたに言ったのでしょう。『盗みを働いたことを継母に知られたくなければ、今後ずっと、俺の言うとおりにしろ』ってね」

ハンスは、四時半に王子様の使いがやってきてサーベルを届けてくれることをシンデレラに告げ、そのあともう一度小屋に来るようにと命じたのです。

「その後自分がどんなひどい目に遭うのか、しかし、盗みを働いたことがイザベラにバレるのも怖い。いっそのこと、ハンスを殺してしまえば……そんなことを考えていたあなたの前に、テクラは現れたのね。そして、ガラスの靴を両足に履くころ、あなたの不穏な計画はできあがっていたのよ」

シンデレラは目を逸らします。

「あなたはハンスを殺し、その罪を、憎らしいマルゴーに擦《なす》り付けることにした。『世界一おいしいケーキがあるから夕方の四時過ぎに小屋で待っている』というハンスが書いたように見せかけた偽の手紙をマルゴーに渡し、自分はそれより少し前に小屋に行って、隙を見て背後からハンスの頭を石で打ち砕いた」

さらにシンデレラは隠れてマルゴーを待ち構えたのです。「ドアを開けたとたんに後ろから殴られた」というマルゴーの記憶が正しいなら、近くの木の陰にでも隠れていたに違いありません。マルゴーを失神させ、四時半にやってくるという王子様の使いにマルゴーとハンスの死体を同時に発見させるのが、シンデレラの当初の計画でした。

「ところがあなたはマルゴーを襲った時にミスをした。一発目で失神させることができなかったばかりか、石を手放してしまったの。うずくまるマルゴーに顔を見られる前に、彼女を失神させなければならなかったあなたは、とっさに右足のガラスの靴を脱いでマルゴーの頭を殴った。それでマルゴーは失神したけれど、このとき、ガラスの靴のヒール部分が欠けてしまったのね」

赤ずきんはポケットから、そのガラスのかけらを出しました。シンデレラの目が見開かれました。

「どこに……」

「マルゴーの襟巻きについていたわ。これを見つけられなかったあなたは、後の調べでこれが見つかることを恐れた。だってその破片は、あなたのガラスの靴の欠けた部分にぴったり嵌《は》まるはずだもの。ガラスの靴を捨ててしまえばいいけど、誰かに拾われたら困るわ。だって、テクラの魔法は七日七晩しか効かないんですもの。マルゴーを殴った凶器は、魔法が解ければ、あなたの靴に戻ってしまう。これじゃあ誰が犯人かまるわかりよ」

赤ずきんは侍従長から靴を受け取ります。

「あなたは絶対に見つからないところにこの靴を七日間、隠す必要があった。そして思いついたのが、ちょうど昨日死んだ鳩のお墓だったというわけ。たとえ動物のものでも、お墓を掘り起こそうなんて考える人間はなかなかいないもの。私があなたに出会ったあの時、あなたはまさに、ガラスの靴を埋めたところだったのね」

シンデレラの無言は、肯定を意味していました。

「証拠隠滅とはいえ、ガラスの靴を埋めてしまったあなたは途方にくれた。たった一足しかない靴がなくなってしまったんですものね。そこへ、靴が流れてきたのよ。あなたは天からの恵みかと思ったんじゃないかしら。すぐに、その靴の持ち主が現れてしまったけどね」

赤ずきんは微笑みながら、自分を指さします。あのとき「あなたの靴だったの」と言ったシンデレラは、どことなく残念そうだったのでした。

「バーバラにドレスを与えられるまで、あなたは自分が舞踏会に行くなんて思ってもみなかったでしょうね。見違えるようにきれいになって、私たちにおだてられて初めて、継母のことも、意地悪なお姉さんたちのことも、殺したハンスのことも、失った靴のことも、全ての心配が消えると思った……」

「いいえ！」

そのとき突然、シンデレラは大声で赤ずきんの言葉を遮りました。

「舞踏会に行くなんて思ってもみなかった、ですって？」

甲高い声で、彼女は笑いはじめました。

「思っていたに決まっているわ。自分が他の女の子より何十倍もきれいなことなんて、五歳の時から知ってるの。私の美貌に比べたら、アンヌお姉さまやマルゴーお姉さまなんて、馬の糞と同じよ。美しいドレスに身を包んでお城に行って、王子様に見初められるのは、私の当然の権利だわ。その正当な権利が認められる正当なチャンスが訪れただけなのよ！」

人が変わったようなシンデレラの告白を、醜いものでも見るような目つきで、王子様は聞いてました。赤ずきんは口を開きます。

「その『正当なチャンス』の裏で、あなたの計画をほころばせる予想外のことが次々と起きていた。一つは、王子様がサーベルを惜しんでハンスのもとに使いを寄越さなかったこと。これでハンス殺害をマルゴーの仕業に見せかける計画はつぶれたわ。ところが、マルゴーの仕業だと信じてしまった人が一人だけいた。マルゴー自身よ」

殴られた後の記憶があやふやなマルゴーは、自分がハンスに襲われ、反対にハンスを殺したと思い込んでしまったのです。

「捕まることを恐れたマルゴーは、ハンスの死体を荷台に乗せて森の中の道の脇まで運び、馬車に轢かれた事故死に見せかけようとした。皮肉なことに、そこに通りかかったのが私たちの乗ったカボチャの馬車だったってわけ。たしかに殺したはずのハンスが目の前に現れて、あなたはびっくりしたでしょうね」

シンデレラがあのとき「まさか」と言っていたのを、赤ずきんは思い出していました。シンデレラは歯ぎしりでもしそうな表情です。

「マルゴーが息を吹き返してハンスを運んできたことを悟ったあなたは、とっさに考えをめぐらした。自分が誰に殴られたのか、マルゴーはわかっていないことには確信があった」

自分たちとハンスのつながりを消すほうが得策だと考えたシンデレラは、赤ずきんを共犯者として、ハンスの死体を隠すことにしたのです。

「十二時になれば馬車も馬も御者も、カボチャとネズミに戻ってすっかり痕跡は消えるはずと舞踏会に参加し、まんまと王子様の気持ちをつかんだ――でも、ここでもあなたの計画はほころんだ。見回り兵がハンスの死体を見つけてしまったの。カボチャの馬車に付いたハンスの血は御者が洗い流していてくれたからよかったものの、本当にいい加減な、綱渡りの犯罪計画だわ」

赤ずきんはここで少し、笑いました。まだ共犯者だったころの自分の心境を思い出したのです。

「カボチャとネズミが元に戻って、あなたはようやく安心できたのよ。舞踏会にマルゴーが現れておらず、家にも帰っている様子がなかったから、まだ森にいるとあなたは思ったのでしょう。納屋に帰ったら、あなたはすぐに眠ってしまったわね。いずれマルゴーが捕まることを期待していたか、それともすでに王子様が迎えにくる夢を見ていたのか知らないけど、そのあと納屋を出た私が、マルゴー本人に出会って、頭の傷が二つあることを見せられていたなんて、想像も及ばなかったでしょうね。――ガラスの靴は、初めに履いた人の足にしか入らない。そうよね、テクラ」

「間違いないわ」

テクラがうなずきます。赤ずきんはなおもシンデレラに続けました。

「鳩のお墓の中から見つかったガラスの靴がぴったり嵌まるのは、犯人の足しかないわ。でも、あなたに面と向かって『このガラスの靴を履いて』と言っても拒否されるかもしれない。そこで、王子様に協力してもらうことにしたのよ」

一連の推理は、侍従長を通じて朝のうちに王子様に伝えてもらったのです。「王子様は悲しそうな顔をしながらも協力を受け入れてくださった」と、侍従長は赤ずきんに報告したのでした。

「王子様の差し出すガラスの靴を、あなたが拒否するわけはないものね」

すっかり犯罪者の表情で、シンデレラは悔しそうに赤ずきんを見ていました。もはや弁明するつもりはなさそうです。しかしやがて、

「一つだけ聞かせなさい」

居丈高に言いました。

「あなたみたいな子どもが、王子様や見回り兵たちを動かせるとは思えない。どうやって納得させたの？」

「洗濯物よ」

「洗濯物？」

「昨日、初めてあなたと出会ったとき、あなたが川で洗っていた白い布。魔法使いと納屋に戻る前に、いつの間にか消えていたわ。……だいたい、おかしいじゃない。他の洗濯物はなく、一枚だけ洗っているなんて。後になって私は、あなたがあれの汚れを落とすのをあきらめて、川に流してしまったのだと推理したの」

赤ずきんは昨晩、ずんぐりむっくりと二人で、川底をしっかり見ながら、小川沿いの川岸をお城方面へ歩いたのです。すると、あのいばらに、白い布が引っ掛かっているのが見つかったのでした。

「これですね」

見回り兵の一人が、その布を広げました。裾の部分が擦り切れた粗末な前掛けで、赤い血が飛び散っていたのです。

「ハンスを殴った時の血でしょう。これを洗い流そうとしていたところへ、私の靴が流れてきたというわけだわ」

シンデレラは、奥歯をぎりぎりと噛みしめています。美しい顔が台無しでした。

王子様はそんなシンデレラの顔を残念そうに見つめていましたが、やがて、

「連れて行け」

兵に命じました。将来の王の姿を感じさせる、厳格な声でした。馬車の扉は閉まります。後ろ手に縄で縛られたシンデレラは、見回り兵に引っ張られていきました。

「王子様の馬車に乗れなくて、残念ね」

その後姿を眺めながら、赤ずきんはつぶやきました。

「あの」

話しかけてくる声があります。ずんぐりむっくりの侍従長でした。

「昨晩から思っていたのですが、あなたはもしや、舞踏会で私と踊ってくださったお嬢様ではないですか？　よろしければこのあと、お城にいらっしゃいませんか。ダンスの先生が来るのですが、私のパートナーとして……」

「いいえ、結構」

赤ずきんは足元に置いてあったバスケットを拾い上げると、にっこり笑いました。

「シュペンハーゲンまで、クッキーとワインを届けに行かなきゃいけませんもの」

「あんた、頭のいい子だねえ」

今度はバーバラが声をかけます。ガラスの魔女、テクラはいつのまにかいなくなっていました。

「私はあんたみたいな子、大好きさ」

「そう、ありがとう」

「これはお守りだよ」

バーバラは、ウサギの足を赤ずきんに手渡しました。

「困ったことがあったらこれを天に掲げ、私の名を呼びなさい。何千キロ離れたところだって、瞬きひとつするあいだに駆け付けてあげるから」

この魔女の助けを借りることなんてあるかしら。赤ずきんは思いましたが、「ありがとう」と素直にうなずきました。

赤ずきんは、次の国に向かって歩きはじめました。

その足には、まだ魔法の解けないガラスの靴がしっかりと収まっているのでした。

# 第2章　甘い密室の崩壊

# 1.

川のせせらぎが聞こえる、森の中の道です。茂みががさがさっと動き、茶色い何かが空へ飛んでいきました。

「わっ!」

ヘンゼルの肩に、継母《ままはは》のソフィアがしがみついてきます。

「驚きすぎだよ継母《かあ》さん、あれはツグミさ」

「へん!」

ヘンゼルの肩を突き飛ばし、ソフィアは気まずそうに手をぱんぱんと払いました。

「わかってるよ。そんなことより、本当に金貨がたんまりあるんだろうね」

「僕たちを信じてくれよ」

「信じられるものかね、実際に見るまでは。それにしても森の中っていうのは嫌なもんだ。オオカミでも出たらどうするつもりだい。……へん、そんなときは、そこのチビを放り投げて食わせてやってる間に逃げればいいことだね」

先を行くグレーテルを見ながら、ソフィアが吐き捨てます。そんな減らず口を叩いていられるのも今のうちだ、この欲張りばばあ。ヘンゼルは心の中で憎しみを込めて言いました。

「あっ、あそこよ」

グレーテルが走り出します。ヘンゼルが追いかけ、慌《あわ》ててソフィアもついてきます。

急に森が開け、日差しが丸く切り取られたかのような広場に出ました。

「こりゃあ……」

横でソフィアが息をのむのが、ヘンゼルにはわかりました。それもそのはず、そこにあるのは、いっぷう変わった家なのです。

形や大きさは、ふつうの山小屋なのですが、正面の壁はウエハースでできていて、小さな丸窓はキャンディーで、ドアはチョコレートです。側面の壁は可愛らしいマカロンの装飾がたくさんあしらわれたビスケット。煙突は網目模様のワッフルで、頂部は穴の開いたパンケーキになっています。

「驚いたね。本当にお菓子の家じゃないか。あたしゃ、夢を見てるんだろうか」

「夢だと思うなら、ドアをかじってみなよ。美味《おい》しいチョコレートだよ」

「野ざらしのチョコレートなんて食べられるもんかい。さっさと中へ案内しな」

グレーテルが、チョコレートのドアに取り付けられたキャンディーのドアノブを握って引き開けます。ソフィアは家の中の様子を見て再び息をのみました。

中央にクッキーが天板となったテーブルと、角砂糖の椅子が四脚。向かって左側の壁にチョコレートでできた重そうな食器棚と調理台。そして、正面の奥には固いビスケット製のかまどがあります。

「どうなってんだい、こりゃ。こんな家があるかい？」

ソフィアは天を仰いで言いました。

ヘンゼルはその不思議な家について、適当にごまかしました。

「――そんなことより、そのかまどを開けてみてよ」

ソフィアは釈然としない顔で、両開きのかまどの蓋《ふた》を開けました。

「ひい！」

火が落ちたかまどの中には、黒こげの魔女の死体があるのでした。見るも無残ですが、意外と臭いはありません。

「グレーテルがやったんだ」

「このチビが？　恐ろしい子だよ、本当に」

あんたにとって本当に恐ろしいのはここからだよ、と、ヘンゼルは心の中で言いました。

「そうそう。金貨は、その食器棚の引き出しにあるよ」

「おお、そうかい」

ヘンゼルの言葉に、にわかに顔を輝かせたソフィアは、食器棚の引き出しを開けます。食器棚とビスケットの床のあいだに、グレーテルの愛用しているスカーフが挟み込んであることには気づかない様子でした。

「こりゃあすごい。今のおんぼろの家を出て、町で暮らせるじゃないか」

引き出しの中の金貨をすくい上げ、じゃらじゃらと落としながら、歓喜の声を漏らしています。なんとあさましいばばあでしょうか。

「ああ、靴ひもがほどけてしまった」

ヘンゼルはそう言いながらしゃがみ込み、グレーテルのスカーフを抜き取ると、食器棚の下から伸びる二本の麻ひもをまとめて握りました。かまどの前のグレーテルに目配せをすると、グレーテルはすぐさま、角砂糖の椅子を避けるようにして避難しました。

「おいヘンゼル、この家にゃ、袋かなんかないのかい。ごっそり持ち帰るとしようよ」

よだれでも垂らさんばかりの顔のソフィアは、こちらの行動などまったく目に入っていないのでした。

「死ねっ！」

ヘンゼルは一気に麻ひもを引っ張りました。食器棚を支えていた枝がずぽっと引き抜かれ、きょとんとしているソフィアの体めがけて、食器棚が一気に倒れました。がちゃんがちゃん。皿やコップの割れる音。――ソフィアは断末魔の叫びを上げる暇もなく、食器棚の下敷きになりました。

今や食器棚の下からは、ソフィアの両手が見えるばかり。しばらくして、ビスケットの床ににじんわりと血が染み出てきました。

「ソフィアお継母さま……」

グレーテルが震えながら名を呼びますが、返事はありませんでした。ヘンゼルは額の汗を拭《ぬぐ》いながら、ふう、と息を一つ、つきました。

「大丈夫だよ、グレーテル」

妹に優しく声をかけます。グレーテルの目には涙が浮かんでいました。こういう、どうしようもなく弱虫なところを見ると、ヘンゼルは兄として無性に守ってやりたくなるのでした。

ヘンゼルは、その頭を抱き寄せてやりました。

「泣くのはおよし。気をしっかりもたなくては。大事なのは、これからなんだから」

「ええ……」

小鳥のように震える妹の頭を撫《な》でながら、ヘンゼルは天を見上げました。そう。大事なのはこれからです。

「グレーテル、川から水を汲んでおいで」

2.

まったくもう、なんてケチな町でしょう！

赤ずきんはぷんぷん怒りながら、歩いていきます。

マイフェンというその町に着いたのは、昼過ぎのことでした。お城を見上げるその町には、たくさんの石造りの家が並び、とても裕福そうな雰囲気に満ちていました。朝から何も食べていない赤ずきんは、誰かパンでも恵んでくれる人に出会えるだろうと期待していました。

ところがどうでしょう。すれ違う人に話しかけても、みな忙しそうに足早に赤ずきんの脇を素通りしていくだけなのです。

家のドアを叩いて、出てきた人に食べ物をせがんでも「うちも苦しいからねえ」と言い訳されるならまだいいほうで、鼻で笑われたり、ひどいときには「悪魔め、消え失せろ！」と灰を撒《ま》かれる始末です。できることならジャム付きのパンでもごちそうになり、ついでにその家に泊めてもらえれば――とまで思っていたのですが、とても望めそうにありません。

「ケチ！」

いつしか日は傾いていていました。もうあきらめて次の町を目指そうと、腹を立てながら歩きはじめたところなのです。

それにしてもおなかがぺこぺこです。バスケットの中にはクッキーがありますが、さすがにこれに手を付けるわけにはいきません。

目の前にはうっそうと生い茂る森。月も出ていないような暗い夕べです。この森を抜けなければいけないのかと嘆きそうになったそのとき、赤ずきんの目の前に一軒の家が見えてきました。

窓には明かりが灯り、バターを溶かしたようないい匂いがします。もうここしかありません。

赤ずきんはためらわず、ドアを叩きました。

「ソフィア、帰ってきたのかい？」

野太い声がして、ドアが開きました。粉だらけのエプロンをした、熊のように大きい男の人が立っていました。

「おや、君は誰かな？」

「私は、旅をしている赤ずきんという者です。今晩泊まるところがなく、困っています。どうか一晩、泊めていただけないでしょうか」

「旅？　君みたいな女の子がかい？」

私だってもう十五歳だわと思いましたが、言いませんでした。気を悪くされて泊めてもらえなくなったら大変です。現に、その男性は腕組みをしてうーんと唸《うな》っているではないですか。

「お父さま、かわいそうだわ、泊めてあげましょうよ」

家の中から女の子の声が聞こえました。男の人の陰に隠れて見えませんでしたが、中を見ると、テーブルでお茶を飲んでいる八歳くらいの女の子がいるのです。その隣には十二歳くらいの男の子がいて、赤ずきんの顔を疑わし気な目で睨《にら》んでいましたが、やがて表情を和《やわ》らげました。

「グレーテルの言う通りさ。ちょうどパイも焼き上がるし」

その男の子が言いました。

「しかし、ソフィアの分もあるし……」

「今からもう一枚焼くんだから、大丈夫だよ」

二人に押し切られる形になり、男の人は赤ずきんを迎え入れてくれました。

「ありがとう。私は赤ずきんよ」

二人に心底からの謝意を伝えます。この二人がいなければ、暗い森の中を一晩中歩かなければならなかったかもしれません。

「僕はヘンゼル。こっちは妹のグレーテル。それから、ゴフ父さんだよ」

「今日はミートパイにしたんだ。いつもお世話になっている町の親方から小麦と肉が手に入ったんだ。それに、子どもたちが無事に帰ってきたお祝いさ」

ゴフさんはひげだらけの顔を緩めました。しかし、その表情にはどこか、不安が混じっているようでした。

「無事に帰ってきたって、どこかに行っていたの？」

赤ずきんの問いを受け、ゴフさんの顔に影が差しました。

「森の中で迷ってしまったんだよ」

ヘンゼルが明るい口調で答えました。

「グレーテルと二人で、キノコを採りに行ったんだ。この森は本当に広くって、ちょっと道を外れると周りはみんな似たような景色になってしまう。家へ向かっているつもりが、どんどん森の奥に入ってしまって、二週間もさまよっていたのさ」

「二週間！　ずいぶん長いあいだ迷っていたのね。……でもそのわりには、お肌がつやつやだし、やつれている感じもないわ」

ヘンゼルは赤ずきんにまた、鋭い視線を投げました。何かいけないことを言ったかしらと自省したところ、ヘンゼルはすぐに笑顔を作りました。

「森の中にはキノコや木の実がたくさんあるんだよ。生まれてからずっとこの森に住んでいる僕たちは、見つけるコツを心得ているんだ」

だったら帰り道を見つけるコツもありそうなものだけれど……。しかし、追及するのはやめました。揚げ足取りばかりが上手な子と、故郷のお母さんによく叱られたことを思い出したからです。

「父さん、そろそろ焼けたんじゃないのかな？」

「あ、ああ……」ヘンゼルに促され、大柄のわりに気の弱そうなゴフさんはミトンを嵌《は》め、石窯の扉を開きます。

「さあ、お食べ」

テーブルに置かれたそのミートパイは、それはそれは立派なものでした。腹ぺこの赤ずきんの胃袋を、肉とソースの濃厚な香りと、パイ生地の香ばしい香りが刺激します。ゴフさんはすぐにパイを四つにカットし、赤ずきん、ヘンゼル、グレーテルの皿に分けていきました。

いただきます、と、兄妹はすぐに食べはじめました。もちろん、赤ずきんも。空腹も手伝って、今まで食べたミートパイの中で一番おいしく感じました。

ふと赤ずきんは気づきました。ゴフさんは、大皿に残った四分の一のパイに手を付けようとせず、兄妹の食べる様子をじっと眺めているだけなのです。楽しそうというよりは、申し訳なさそうという表現のほうがあっているような顔でした。

「ゴフさんは、食べないんですか？」

赤ずきんはたまりかねて訊ねました。ゴフさんはびくりとして、赤ずきんを見ました。

「い、いや、妻が帰ってくるかもしれないからね。まったくどこへ行ったのやら……」

「きっと野いちごでも採っているんだよ。大丈夫だって」

とヘンゼル。グレーテルは口をもぐもぐ動かしながら、不安げにヘンゼルを見ているだけです。

「いやしかし、帰ってきてすぐに自分の食べ物がないとなると、不機嫌になるじゃないか」

ははあ、と赤ずきんは察しました。どうやらお母さんが強い家族のようです。

「そんなに継母さんが怖いなら別に構わないけど。ああ、赤ずきんさんは気にしないで、どんどん食べて食べて」

明るい表情で言うヘンゼル。ゴフさんも愛想笑いを浮かべます。

どうもぎこちない家族です。何か隠し事でもあるのかしら、と赤ずきんは思いましたが、もちろん詮索するようなことはしません。それからしばらく、赤ずきんと兄妹は会話もなくパイを食べました。いつしかゴフさんもフォークを手に、パイを突《つつ》きはじめました。

「それにしても継母さん遅いね」

ヘンゼルが急に言って、立ち上がりました。

「探してこようかな」

ドアの近くの壁にかかっていたランタンを取り、マッチで火を付けようとしました。マッチの箱には、金髪碧眼《へきがん》の女の子が笑っているイラストが描かれていました。それを見た瞬間、

「待って！」

赤ずきんはヘンゼルを止め、自分のバスケットの中から別のマッチを取り出しました。

「こっちのマッチを使ってみて。使いやすいのよ」

ヘンゼルは不思議そうな顔をしていましたが、何か言うこともなく、赤ずきんの渡したマッチでランタンに火を入れたのでした。

「ヘンゼル、今からじゃ危ない。私が行ってくるよ」

「じゃあ一緒に行こうよ父さん。グレーテルも行くだろ？」

「ええ」

グレーテルも素直に皿にパイを置きます。

「そうなると、留守番ってことになるけど……」

ヘンゼルが赤ずきんを見て言いました。なんだか、変なことになってしまいました。

赤ずきんとしてはまだミートパイを食べたいのが本音です。でも、他人の家に一人でいるなん

てできません。

それに——何か、怪しいことが起こっているわ。赤ずきんの勘がそう告げます。

ミートパイも好きですが、実はこういう不穏なことも嫌いじゃないのです。

「私も行くわ」

赤ずきんはナプキンで口を拭き、腰を上げました。

3.

ちょっと、計画に歪《ゆが》みが出ちゃったかな。ゴフ父さんの後ろを歩きながら、ヘンゼルはそう考えていました。

歪みというのは、今、ヘンゼルの横を歩いている赤ずきんという女の子のことです。十二歳の自分より二つ三つ上くらいでしょうか。赤いずきんなんて変なものを被《かぶ》っていますが、よく見れば可愛い女の子です。まさかこんな夜に泊めてほしいという客人なんて……という予定外の出来事ではありましたが、なぜかヘンゼルはわくわくしているのでした。

偶然泊まった人間に、自分の殺した相手を見せるというのは悪くありません。異常かもね、と他人事《ひとごと》のようにヘンゼルは思いました。ひょっとしたら自分は、世間で「犯罪」と呼ばれていることに向いている人間なのかもしれません。

赤ずきんと反対側を歩いているグレーテルは、気が気ではないようで、ヘンゼルが握ってやっている右手にじっとりと汗をかいています。かわいそうに……予定外のことに怯《おび》えているんだろう。こんな妹の姿を見ると、もうどうしようもなく、守ってやりたくなります。可愛い可愛いグレーテル。クリームを塗ってお菓子にしてしまいたいくらいです。

そんなことを考えていたので、うっかり見落とすところでした。

「父さん、あれ」

ヘンゼルは道沿いの杉の木の下に落ちているスカーフを指さしました。ゴフ父さんはそれを拾い上げてランタンの明かりで照らし、

「ソフィアのだ……」

と血相を変えました。

「こっちに行ったのかもしれないよ」

さりげなく目的地の方向を指さすと、ゴフ父さんはうなずき、ずんずんと道のないほうへ進んでいきます。なんて単純なのでしょう。扱いやすいのは結構ですが、こんな愚鈍《ぐどん》な人間が自分の父親だと思うと、ヘンゼルは反吐《へど》が出そうでした。

その後も、森の中に落としてきたソフィアの身辺のものを頼りに三十分ほど歩き、いよいよ、例のお菓子の家まであと少しというところまで来ました。川のせせらぎが大きくなってきたそのときです。

木々の間を何やら白い塊《かたまり》が通り抜けました。ヘンゼルはドキリとしました。

それは、一同の前に再び出てきて立ち止まり、鋭い目を向けたのです。

「きゃっ」

赤ずきんが飛び上がりました。

オオカミでした。体長は人間の大人一人分くらいあり、全身を覆う銀色の毛は月も出ていないのに鈍い光を放っていました。

「俺はこの神聖なる森の管理者、ゲオルグだ」

オオカミは人の言葉を話しました。

「日も落ちたのになぜ、人間どもが森の中を歩いている？」

「つ、妻がまだ家に帰らねえんだ」

ゴフ父さんが答えました。「ん？」とゲオルグは黄色い目を細めました。

「お前、泣き虫ゴフか？」

「えっ？」

「木こりのローランの息子、泣き虫ゴフだろう」

「ち、父を知ってるのか？」

「もちろんだ。お前が小さいとき、この先の沼に嵌まったお前を助けたのが俺だ。お前の父親にはだいぶ感謝された」

「……そういや、人の言葉を話す、聖なるオオカミがいるって父から聞いたことがあるよ。夜歩いていると、そのオオカミに見とがめられて怒られるとも」

「そうだ。ところで、後ろの三人はお前の子どもか？」

「ああ。いや、ええと……」

「私は、違うの。今晩、泊めてもらうことになった旅の者よ」

悪いオオカミでないことを察してか、赤ずきんが発言します。

「ゲオルグさん、あなた、女の人を見なかった？」

「あいにくだが見ていない。俺はこの先の様子を見に行くところだ。人の血の匂いがするものでな」

ゴフ父さんの背中がぴくりと動くのがわかりました。

「泣き虫ゴフよ、ローランから聞いていないようだな。俺はこの森を代表して、お前たちの主たるマイフェン城主と契約をしているのだ。この森で城主の民が迷うことがあれば、人間の使う道まで案内する。この森で城主の民が不慮の死を遂げた場合は、その死因まで含めて城に報告する。交換条件として、城主は民に森での狩りを禁じ、動物たちの安息は守られるというわけだ」

十二年間森で暮らしていて、ヘンゼルもはじめて聞いたことでした。これは、赤ずきんの来訪以上に予定外のことです。横で、グレーテルが震えています。

血がつながっていないとはいえ、母親を殺したことがバレれば、捕まって死刑でしょう。しかし、こうなったら、やりきるしかありません。

「ゲオルグさん、僕たちもついて行っていいかい？　心配なんだ」

ヘンゼルの問いにゲオルグはうなずくと、一同を導くように歩き出します。

例の広場へ出たのは、それから百も数えないうちのことでした。

「これは、なんなの？」

目の前に現れたお菓子の家に、赤ずきんが目を丸くしています。

「お菓子の家じゃないか……」

ヘンゼルも、今初めて見た家であるようにふるまうことを忘れません。

「本当だわ……」

グレーテルも力なく、啞然《あぜん》としている演技をします。ゲオルグが鼻を鳴らしました。

「エイミーから聞いていたとおりだ。ハッグ一族のはぐれ者に違いない」

「ハッグ一族？　なんだい、そりゃ？」

ゴフ父さんが首を傾げます。

「泣き虫ゴフよ、本当にお前は何にも知らないんだな。ここから何百キロも離れたブリテンという島の森に住む、魔女の一族だ。甘い菓子を自在に出現、あるいは消失させることができ、こういう建物を作る。それにつられてやってくる子どもに初めは優しく接し、なつくと豹変《ひょうへん》して捕らえる。少年は監禁し、太らせて食べる。少女には重労働をさせて、苦しむ姿を見ては喜んで高笑いをする。……嫉妬深くて常に一族の中で喧嘩が絶えないそうだから、おおかた仲間を追われてこの森にたどり着いたのだろう」

あの魔女にそんないきさつがあったなんて、ヘンゼルは爪の先ほども知りませんでした。でも関係ありません。もう相手は死んでしまったのですから。

「明かりもついていないし、留守みたいね」

赤ずきんが言いますが、

「ところが、人間の血の匂いはこの家の中から漂ってくるのさ。おい、お前」

「『お前』じゃないわ、赤ずきんよ」

「赤ずきん、ドアを開けろ」

四肢を地につけているので、オオカミはドアノブを握れないのです。赤ずきんがキャンディーのドアノブを握り、ドアを引きます。でも、少ししか開きません。

当然さ。ヘンゼルは内心ほくそえみました。ドアの向こうには しっかり、閂《かんぬき》がかかっているのですから。第三者の赤ずきんをその証人にできたことは、幸運ととらえるべきでしょう。

「閂かしら、開かないわ。ねえ！　誰かいませんか！」

赤ずきんが中に向かって叫びますが、そんなのが無駄なことも、ヘンゼルにはわかっていました。

「他に出入り口がないか探してみようよ」

ヘンゼルは提案しました。他の面々を誘って、家の周囲をぐるりと回ります。当然、出入り口などあるはずはありません。

「仕方がない。窓を打ち破ろう」

ゲオルグが言ってくれました。笑いそうになりました。このオオカミの存在は赤ずきんと同様に予定外でしたが、計画の邪魔どころかむしろ手助けをしてくれているようです。

「おい誰か、適当な石を探せ」

「そこにあるよ」

ヘンゼルは明るいうちから目をつけていた、ドア脇の石を指さします。すぐさまゴフ父さんが両手で拾い上げ、キャンディーの丸窓に向けて放り投げました。窓は豪快に割れました。

「やや、これは小さい窓だから、私は入れない」

「私が入るわ」

頭をぽりぽり掻くゴフ父さんに、グレーテルが申し出ます。ゴフ父さんはグレーテルをひょいと持ち上げ、「気をつけるんだよ」と窓枠に近づけました。グレーテルは窓から入っていきました。ほどなくして、内側からドアが開きました。

「やっぱり、閂がかかっていたの」

「よし、入ろう」

ゲオルグが入り、ランタンを持ったゴフ父さんが続きます。

「ソフィア！」

すぐに、ゴフ父さんが叫びました。

ランタンに照らされた室内。倒れた食器棚の下に、見覚えのある継母の、血にまみれた手が見えたのでした。

## 4.

また、死体だわ……。

どこかで予期していたはずなのに、赤ずきんはぶるりと身震いをしました。

それにしても、美味しそうな匂いのする家です。ミートパイを途中で断念して出てきた手前、食欲をそそられるものがあります。このビスケットの内壁、つるつるしていておいしそうだわ。それから外の煙突も。あれはワッフルよね。外壁のビスケットには飾りのようにたくさんマカロンが付いていたから、あれを足場にして屋根に上れそうだけど……と、赤ずきんが甘い妄想を繰り広げている横で、

「間違いなく、お前の妻か」

ゲオルグがゴフさんに訊いていました。

「ええ、間違いないです。私の妻で、この子たちの、義理の母です」

ショックを受けたためか、ゴフさんはよろけてテーブルに手をつきましたが、

「わっ……！」

テーブルごと、床に倒れ込みました。

「な、なんだ。この家は、テーブルまで菓子でできているのか？　これは……クッキーか」

ゴフさんは手をぺろりと舐めました。テーブルは無残に壊れてしまっています。ゲオルグはそれについては興味がなさそうに、「気をつけろ」と言っただけでした。

「それより、義理の母とはどういうことだ」

「この子たちの本当の母親はもう死んじまったんです。男手一つじゃ大変だろうって、町の親方が紹介してくれたのがソフィアです」

「継母というやつか。……ん？　奥のかまどの中からも怪しい臭いがするぞ」

ゲオルグは奥へ歩いていき、「なんだっ?」と、驚いたような声を上げます。

「床がびしょびしょで、床のビスケットがふやけている。水のようだな」

この床、ビスケットだったのね。赤ずきんはつま先で踏み鳴らします。たしかに音と感触が、木の板とは違いました。なんとなくもろいような……。それにしても暗くて、何も見えません。

「ランタン一つじゃ暗いわ。どこかに照明はないのかしら」

「照明なら、そこに……」と、グレーテルが入ってきたドアの真上を指さしました。リンゴの形

のほやを持ったランタンが、壁に据え付けてありました。

「おや、本当だね」

ヘンゼルが背伸びをしてそれを取ると、わが妻の傍に膝をついて呆然としているゴフさんからランタンを奪い取るようにして、そのリンゴ型ランタンに火を入れます。

部屋がぱあっと、明るくなりました。

ずいぶんとすっきりした部屋です。テーブルと倒れている食器棚の他には調理台くらいしかなく、何かが足りないような気がします。

食器棚の下敷きになっているソフィアさんの周りに血の池ができていて、金貨が散らばっています。

「おおっ、これは！」

ゲオルグが叫びました。奥の、開きっぱなしのかまどの中から、黒こげの足が二本飛び出ていました。――なんて無残な光景でしょう。こんなに可愛らしいお菓子の家の中に、二つも死体があるなんて。

ゲオルグが死体を嗅ぎました。

「人間臭さが全くないな。間違いない。こいつがこの家を作ったハッグ一族の魔女だろう。ハッグ一族は、生きている間は何度でも菓子を出したり消したりできる。死んでも、生きているときに魔法で出したものは残る。ただ、しょせんは菓子だから、家はこのまま森の鳥の餌《えさ》になるか、腐って土になるかのどっちかだ。それにしても――」

ゲオルグはかまどの中に首を突っ込みました。

「ひどい状態だ。いつこの魔女が死んだのか、わからん」

「ソフィアさんのほうは、いつ亡くなったのか、わかるの？」

訊ねると、ゲオルグは赤ずきんの顔を見上げ、うなずくようなしぐさをしました。

「臭いを嗅ぐまでもなく、血のかたまり具合を見ればわかる。今日の、太陽が西の空に傾きかけたころだろう」

「だとしたら今から三、四時間前ね」

「人間の使っている時間のことなど知らぬ。……おい、それは！」

ゲオルグは、食器棚が置いてあったと思われる壁際に飛んでいきました。ビスケットの床が斜めに削られていきます。そばに、ひもが結ばれた木の枝が二本、落ちていました。

「ははあ、この食器棚がどうやって倒れたのかわかったぞ」

ゲオルグの黄色い目が、一同に向けられました。

「食器棚はこの壁にぴったりつけて立てられていたのだろう。犯人は、食器棚の前から、ビスケットの床を丹念に削っていった。そして、食器棚が少し前傾するまで削ったところで、ひもを結び付けたこの枝を二本、支えのように差し込んだ」

赤ずきんの想像の中で、食器棚はかなり不安定な状態にあります。二本の支えの枝がぐらぐらと揺れているイメージです。

「その後犯人は、金貨をエサに、この女を食器棚の前におびき寄せた」

「そして、安全なところからひもを引き、枝を抜いて食器棚を倒したっていうのね？」

赤ずきんが言うと、ゲオルグは「ああ」とうなずきました。

「でも、食器棚の前の床が削られていたのを見て、継母さんは不審に思わなかったのかな？」

ヘンゼルが疑問をさし挟みます。ゲオルグは、

「棚と床の間に布でも挟んでおけば、見えることはないだろう」

と答えました。なるほどね、と赤ずきんは納得します。

「でも、いったい誰がそんなことを？　枝にひもを結べるくらいだから、森の動物じゃないでしょうけど」

ゲオルグは馬鹿にしたように鼻を鳴らしました。

「おい、妹。さっきお前が入ったときには、ドアには内側から閂がかけられていたんだな？」

「は、はい……」

グレーテルの指す先を見ると、ドアには受け金と閂がありました。

「ということは、この女を殺せたのはたった一人、魔女ということになる。やつなら、床のビスケットを削って食器棚を倒す仕掛けも容易に思いついただろうからな」

「でも、魔女は今、あんな状態に」

「他に部屋に入れる者がいなかった以上、魔女がこの女を殺してから燃え盛るかまどに飛び込んで自殺したとしか考えられまい。おいお前たち、この女と魔女がどういう関係にあったか知らないのか」

少しの沈黙の後、口を開いたのはヘンゼルでした。

「そういえば継母さんは半年くらい前、『とてもお金持ちの友達ができた』と言っていました」

「お金持ちの友達？」

ゲオルグの目が、床の金貨に向けられます。

「はい。うまくいけばいくらか用立ててもらって、貧乏暮らしにさよならできるかもって。……でも、ひと月くらい前でしょうか、『あの女はお金をくれないばかりか、私のことを恋人だと言い出したよ』って怒鳴っていました」

それは、赤ずきんにとってショックなことでした。

「『魅力がありすぎるっていうのも面倒なもんだよ。こうなったらさっさと金をふんだくって別れてしまおう』って、ねえ、グレーテル」

「そうね……言ってたわ」

グレーテルも兄に追従するようにうなずきます。

「ちょっと待ってよ」赤ずきんは止めました。

「女の人が女の人を好きになることは別にいいわ。でも、魔女が人間の女性に恋をするなんて、そんなことあるかしら」

「人間同士の心理はよくわからないが、人間の女に惚れた魔女の話は聞いたことがある」

ゲオルグが言いました。

「その魔女は人間の女を自分のものにしたいがあまり、女の夫の船乗りを殺した。嵐を起こし、夫の乗った船を沈めたんだ」

赤ずきんはただただびっくりするばかりでした。

「魔女はときに人間以上に己《おのれ》の激情に支配される。冷淡な態度をとられたことに逆上した魔女が女を殺し、絶望して自殺したという筋書きはありそうだ。……ところで泣き虫ゴフ、お前は今、息子が話したことを知っていたか？」

「うちの妻が、魔女と……ってことを？　い、いや……」

ゴフさんは首を振りました。

「い、家を空けることが多いもんで、初耳ですよ」

「よからぬことを子どもだけが知っているのか、人間とは不思議な動物だ」

「『子どもたちとは仲良くやっている』と。ソフィアは……そう、言っていたもんで」

とそのとき、赤ずきんは、ヘンゼルの表情の変化に気づきました。わが父を、まるで犯罪者でも見るような、冷たく鋭い目で見ているのです。

「なるほど」

ゲオルグが言いました。

「泣き虫ゴフよ、お前にはもう少し事情を聴かねばならないようだ。子どもたちは先に帰しなさい」

「しかし、こんな暗い森の中を」

「心配するな。俺の忠実なるしもべに送らせる」

＊

ランタンを携えたヘンゼルの前を、大きな熊がのっしのっしと先導していきます。動きは緩慢ですが、その隆々とした筋肉や鋭い前脚の爪を見る限り、獣に襲われる心配はありません。

赤ずきんはヘンゼルのすぐ後ろを歩き、グレーテルは兄ではなく、なぜか赤ずきんにぴったりくっついて歩いていています。ちょこちょこ歩きながら彼女は疲れたのか、さっきからしきりにあくびをしています。ふわぁ、というその小さなあくびがなんとも可愛らしく、赤ずきんは自分に妹ができたような、ほのぼのとした気分になっていました。

「……父さんは嘘をついたわ」

不意に、そのグレーテルがつぶやきました。あまりに夢見心地な声だったので、寝ぼけているのかと思ったほどです。ヘンゼルが足を止め、振り返ります。

「ソフィア継母さんが、私たちと仲良くやっているなんて」

「仲良くなかったの？」

赤ずきんが訊ねると、グレーテルは答えました。

「仲がいいどころか、継母さんは、私たちに死んでほしいと思っていたに違いないの」

「グレーテル」

ヘンゼルがたしなめます。

「本当なの、ヘンゼル？」

ヘンゼルはしばらく黙ったまま赤ずきんの顔を見つめていましたが、やがてため息をつき、

「本当さ」と言いました。

「歩きながら話そう。熊さんが行ってしまう」

その後、家に着くまでにヘンゼルが語ったのは次のとおりでした。

家族三人の住む家にソフィアさんがやってきたのは二年前のこと。初めはうまくやっていまし

たが、次第に木こりをしているゴフさんの稼ぎが悪くなったというのです。

ゴフさんは薪の他に、森の一角で採れる黒い石を火打石として売っているのですが、はるか北方のシュペンハーゲンという町で作られた高性能の〈エレンのマッチ〉が普及しはじめてから、まったく売れなくなってしまったのです。

家族四人の生活は困窮し、ゴフさんは週の前半だけ木こりをし、あとは町で家や道路を作る日雇いの仕事を手伝ってお金を稼ぐようになりました。兄妹とソフィアさんの関係がぎくしゃくしだしたのはこの頃からでした。

ソフィアさんは、三人になると豹変し、炊事、洗濯、掃除すべての家事を兄妹にやらせ、自分は寝たり遊んだりしているだけなのでした。そのくせ、少しでも気に入らないことがあると兄妹に当たり散らしました。とくにグレーテルは標的になることが多く、体じゅうにあざができてしまいました。

週の初めになって帰ってくるゴフさんにヘンゼルが訴えても、「前の母さんと違って気性が荒いからなあ」と笑って取り合ってくれず、兄妹を助けてくれる様子もありませんでした。

二人にとってさらに怖いことが起きたのは二週間前のことです。ヘンゼルがベッドで寝ていると台所のほうでゴフさんとソフィアさんの会話が聞こえてきました。

――いよいよ食べるものがなくなってきた、どうしよう。

――私たちだけでも生き延びなきゃならないわ。あの子たちを追い出しちまいましょうよ。

――そんな。追い出すってどうやって？

――あんたが仕事を手伝ってほしいとか言って、森のうんと奥へあの子たちを連れ出すのよ。

暗くなった頃を見計らって、さっさと帰ってきちまえばいいでしょ。

――そんなことができるものか。

――ああ、ああ、わかった、わかりましたよ。そんなら私たちはみんな飢え死にね。

――そんな、極端な。

――私たちはもうそういう状況にいるのよ。どうするの。あの子たちを捨てるか、全員飢え死にか、選びなさい。

――わ、わ、わかったよ。君の言うとおりにするよ。

――そう。それでいいの。決行は明日よ、いいわね。

驚いたヘンゼルはグレーテルを起こし、両親が寝た後で家をこっそり抜け出して、白い小石をたくさん拾ってきました。この小石は月の光に照らされて光る性質があります。翌日、兄妹は服のあいだにこれを隠し、先を行くゴフさんの目を盗んでは森の道々に落としてきたのでした。

小石の目印をたどって家へたどり着いた二人を、ゴフさんはほっとした様子で迎えましたが、ソフィアさんは忌々《いまいま》しい目で見つめていたそうです。

――さっき家の周りを見てみたら、光る小石が落ちていたのよ！

その夜、台所から再び二人の会話が聞こえました。

――なんて小賢《こざか》しい子どもたちだろう。小石をたどって戻ってきたに違いないよ。

――ソフィア、やっぱりあの子たちを森の中に置き去りにするなんてことは……。

――明日、もう一回やるのよ。

――ソフィア、考え直すことはできないかい？

——今さら何を言ってるんだい。今夜は、私が一晩中ここで見張っているわ。あの子たちが小石を拾ってこられないようにね！

翌日、兄妹は再びゴフさんに森の奥へと連れて行かれました。ソフィアさんの見張りのせいで小石は拾えませんでしたので、今度は道々、お昼ごはんとして渡されたパンをちぎっては落としたのです。前回と同じくゴフさんが姿を消した後、そのパンをたどって家に帰るつもりでした。

「でも、パンはなかったの」

ヘンゼルの話の途中でしたが、グレーテルが口を挟みました。

「鳥がすべて食べちゃったのよ。おかげで私と兄さんはずっと森をさまよって、それで……」

「キノコを見つけたんだよな」

ヘンゼルが再び話を戻します。グレーテルはびっくりした顔をしていましたが、

「ええ……」

調子を合わせ、それきり黙ってしまいました。ヘンゼルが後を継ぎます。

「運よくキノコで食いつないで、そのあと木の実もたくさん採ることができた。でも、帰り道はわからず、二週間さまよってようやく、今日の夕方に帰りつけたんだ」

「そうだったの、大変ね。ところで、そんなにあなたたちを嫌っていたソフィアさんは、なんで『お金持ちの友達』の話をあなたたちにしたのかしら？」

「さあね」

ヘンゼルは肩をすくめ、「気まぐれだろう」と言って前を向きました。本当かと問うようにグレーテルに目をやりましたが、彼女は何かに怯えたように下を向きます。どうもこの兄妹は変で

す。

　そのとき、ヘンゼルの持つランタンの明かりの中に、見覚えのある家が現れました。

「さあ、家に着いたよ。熊さん、ありがとう」

　ヘンゼルはさっさと、家へと入っていきました。

5.

　この家には、食事をする台所のほかに、部屋は二つあります。一つはゴフ父さんと、死んだ母さんの寝室（今日まではあの憎たらしいソフィアばばあが使っていました）、もう一つはヘンゼルと妹との寝室です。

「赤ずきんさんも私たちと一緒の部屋に寝ましょう」

　グレーテルはさっき、こんなことを言いました。

「ダメだよ」

　当然、ヘンゼルはすぐに拒絶しました。

「お客さんを寝室に泊めるのは失礼なんだから……。ごめんなさい、赤ずきんさん。妹はまだ八歳で、何も知らないんだ」

　本来ならむしろ、お客さんである赤ずきんに寝室のベッドを一つ貸すのが礼儀なのは、ヘンゼルだってわかっていました。ですが強引に、これぞこの森の常識というような顔でソフィアのベッドから毛布を引きはがしてきて台所に敷きました。

文句を言われたら何と丸め込もうかと身構えていたのですが、赤ずきんは別に嫌がるそぶりも見せず、それどころか「布団で寝かせてもらうなんてありがたいわ」と謝辞を述べました。変な勘繰《かんぐ》りをする女ですが、礼儀だけはしっかりしているようです。

三人で家に帰ってきてからどれくらいの時間が経ったでしょうか。天井の明かり取りの小窓からは月の光がさしています。外はしんと静まり、たまに鳴くフクロウの声以外は何も聞こえません。

ゴフ父さんはまだ帰ってきません。ひょっとしたらゲオルグは、一晩中父さんを拘束して話を聴くつもりなのかもしれません。お城への報告となれば、それなりに詳しい情報が必要なのでしょう。

ヘンゼルはベッドからそっと下り、寝室のドアを開けて台所の様子を見ました。テーブルの向こうに敷いた毛布のそばに、揃《そろ》えられた靴が見えます。耳を澄ますと、かすかな寝息が聞こえました。赤ずきんはすっかり眠ったようです。

ドアを閉め、グレーテルのベッドを見ます。可愛いグレーテルは向こうを向いて毛布を頭まで被っていますが、眠っていないのは明らかです。ヘンゼルより先に眠ってはいけないと、きつく言い含めているからです。

ヘンゼルは、グレーテルのベッドの縁に腰を下ろします。

「グレーテル。僕は今夜、とてもひやひやしたよ。お前が余計なことをしたり、言おうとしたりするものだからね」

「私……何かいけないことをした？」

グレーテルがこちらに顔を向けて、こわごわと訊ねました。

「おやおや、自分でわかっていなかったとは。いいかい。僕たちは、あのお菓子の家には、さっき初めて行ったことになっているんだ」

「だから私、お菓子の家が見えたとき、驚いたふりをしたわ」

「それはよかったよ。だけど、家に入って、赤ずきんが『照明はないかしら』と言ったとき、すぐにリンゴ型のランタンを指さしただろう？」

「ええ……」

「あれはダメだろう。なんで初めて入った家のランタンの位置を、お前が知ってるんだ」

グレーテルははっとしていましたが、やがて「でも」と小さな声で言いました。

「私は家の中に一番初めに入ったのよ。そのときに見えたかもしれないじゃない」

「おやおや、僕に口答えしようっていうのかい、お馬鹿で可愛いグレーテル。あの家に入ったとき、中に明かりはなかったんだよ。真っ暗で、ランタンなんか絶対に見えっこなかったっていうのに」

「でも……」

「それにだ、帰り際にお前は『父さんは嘘をついたわ』なんて、突然言い出したね」

「だって、我慢できなかったんですもの。私たちを置き去りにしようとしたくせに……」

「その気持ちはわかるよ。でも、あの発言のせいで僕は赤ずきんに、ソフィアの憎たらしい計画と、なんでも言いなりのゴフ父さんがそれを実行したいきさつを話さなきゃいけなくなった。僕たちがソフィアに恨みを持っていたことは、極力知られてはいけなかったんだ」

「……ごめんなさい」

「まだあるよグレーテル。鳥が目印のパンを食べてしまった話のあと、お前はうっかり、僕たちがお菓子の家にたどり着いたことを口走ろうとしなかったかい？」

グレーテルは目を伏せました。

「何度も言うけど、僕たちはさっき、は・じ・め・て、あの家に行ったんだ。あの家の壁を食べているところを魔女にも見つかっていないし、招き入れられてもてなされ、次の日に僕だけ地下の牢屋につながれた事実もない。かまどの火加減の見方がわからないと、お前が魔女をだまして燃やしてしまったことも――」

「やめて、ごめんなさい！」

耳を塞ごうとするグレーテルの手を、ヘンゼルはぎゅっと握りました。そして顔を近づけ、小声で言います。

「静かにするんだ。赤ずきんが起きてしまうかもしれない」

「ごめんなさい……」

「……あの女、僕は嫌いだなあ。可愛いふりしてどんどん首を突っ込んでくる。初めは、僕たちの犯罪計画のゲストとしてもてなす気があったけれど、気が変わったよ。明日になったらさっさとこの家から出て行ってもらうほうがいいな。……おや、泣いているのかい、グレーテル」

「だって、私、兄さんにたくさん迷惑をかけちゃった」

そのいじらしい姿は、ヘンゼルの心をくすぐるのでした。ヘンゼルはグレーテルを優しく抱きしめ、背中をさすりました。

「僕のほうこそきつく言いすぎたよ。いいかい、僕の可愛い妹グレーテル。お前は何も余計なことをせず、僕という大きな船に乗っていればいいんだ」

「……はい」

「わかったら、いつものようにこっちへおいで」

グレーテルは身を強ばらせ、首を横に振ります。

「今日は、いろんなことがあって疲れているから……」

「もう口答えはやめにしようじゃないか」

ぐっとグレーテルの肩をつかむと、ヘンゼルは再び耳元でささやきました。

「お前はもう、兄さんなしでは、何もできないんだよ」

6.

ドアが軋《きし》む音で、赤ずきんは目を覚ましました。身を起こし、玄関のほうを見ます。大きな人影がありました。

「おや、君、そんなところで寝ていたのかい」

のんびりした、ゴフさんの声でした。もう明け方なのでしょう、ドアの外からは冷気と共に青白い光が入ってきます。朝もやが出ているようです。

「ゴフさん、こんな時間まで事情を聴かれていたの？」

返事の代わりにゴフさんは、ぶわあああと大きなあくびをしました。

「あのゲオルグとかいうオオカミに引き留められて、お菓子の家の検分に付き合わされたよ」

どうして検分まで……と、赤ずきんの思考が回ります。

「何か見つかった？」

「地下室があったよ。ちっちゃい檻《おり》があった」

檻――。赤ずきんの頭の中に昨日の違和感がよみがえります。そしてほとんど自動的に、一つの仮説が組み上がっていきます。

「でもね、すっかり掃除されていて使われている形跡はなかったよ。どう思うかって訊かれたんだけど、『怖いねえ』くらいしか言えないよ。ゲオルグは不満そうで……ふわぁぁあ、もう、いいかい？」

ゲオルグは、ゴフさんを疑っていたのではないでしょうか。お菓子の家の検分に誘ったのは、ゴフさんが何かボロを出すのを期待していたためとも考えられます。

「ゴフさん、ゲオルグはどこにいるの？」

「ここまで送ってくれたから今ならまだ、この近くにいるかもしれないよ。――私はもう寝るよ、眠い、眠い、眠い」

ゴフさんは寝室へ引っ込んでしまいました。妻を殺されたばかりとは思えない態度ですが、犯人ではないでしょう。人から疎《うと》まれたり蔑《さげす》まれたりすることはあっても、殺人なんて大それたことはできない性格に思えます。

それより、ゲオルグが近くにいるなら伝えたいことがあります。赤ずきんは急いで、ミルクのような朝もやの中に出ていきました。

きょろきょろとしていると、

「おや、昨日の赤ずきんじゃないか」

意外なことに、向こうから声をかけてきました。朝になっても黄色い目は鋭く輝いています。

赤ずきんはかつてオオカミに丸のみにされた日のことを思い出して、身震いしそうになりました。

「おはよう、ゲオルグ。お城への報告はまとまった？」

「いいや、まだ捜査中だ」

「魔女がソフィアを殺して自殺、という筋書きに疑いを持っているのでしょう？」

ゲオルグはくふん、と変な鼻息を鳴らしました。

「自分で言い出したことだがな。考えてみれば、魔女が人間の女を殺すなら、呪殺などの手段を取る気がする。動機が痴情のもつれならなおさらな。衝動的に殺したにしては、やり方が回りくどい」

「そうね。ところで、あのお菓子の家には地下室があったって聞いたけど」

「ああ。俺もすっかり忘れていたが、あの広場ではもう何十年も前に、男が一人暮らしをしていたんだ。その男は表向き、炭焼きをしていたが、実は町から子供をさらってきて地下に監禁している犯罪者だった。マイフェン城主の廷吏の知るところとなり、男は捕らえられ、家は焼き払われた」

月日が流れるうちに家の燃えかすはすっかりなくなってしまったけれど、地下室だけは残り、それを見つけた例の魔女が菓子の家をその上に建てたのだろう、とゲオルグは言いました。

「つまり、地下室はもともとそこにあったもので、お菓子でできてはいないのね？」

「そういうことだ。床のビスケットの一枚が外れるようになっており、その下に地下へ続く階段があった。人間が一人、押し込められるくらいの小さな檻があったが、これも昔の犯罪者が使っていたものだろう。地下室自体はしっかり掃除がされていて、最近使われたようには見えなかった。今回の事件には関係ないだろう」

関係ないですって？　赤ずきんは呆れました。

「あのね、何十年も使われていなかった地下室が掃除されていたってことは、最近使っていた誰かが、その事実を隠滅したっていうことでしょ」

「ん？」

ゲオルグはピンときていないようでした。

「何を言っているのかわからない。それより俺は忙しい。泣き虫ゴフの匂いを追わなければならないからな。あいつが本当に昨日、町へ行っていたのか」

「ねえゲオルグ」赤ずきんは諭すように言います。「もしゴフさんを疑っているとしたら、それは間違いだと思うわ。あの人に奥さんを殺せるほどの度胸はない。それよりもっと怪しい人がいるでしょ」

ぴくりと、ゲオルグの耳が動きます。

「誰のことだ？」

「ヘンゼルとグレーテルの兄妹よ」

少しの間をおき、くっくっくとゲオルグは低く笑いました。

「あの幼い兄妹に、魔女と継母の二人を殺すことなどできるわけがなかろう」

「昨晩、みんなでお菓子の家に入ったときのことを思い出して。私が『照明はないかしら』って言ったとき、グレーテルがすぐさま、リンゴ型のランタンを指さしたわよね」

「たしかに。覚えているぞ」

「あのランタンは天井の近くにかけてあって、暗くてよく見えなかったはずよ。あの子、なんであそこに照明があるってわかったのかしら」

ゲオルグは思い出すように天を見上げていましたが、やがて気づいたようでした。

「あの家に入ったのが初めてではない、ということか。しかし、なぜ継母を殺す？　彼らは継母と仲良くやっていたんじゃないのか」

「それも嘘らしいの」

赤ずきんは昨晩、グレーテルの言葉をきっかけにヘンゼルが語ったことを話しました。

「兄妹は、継母に恨みを持っていたのか」

「動機は十分っていうわけね。魔女がソフィアに惚れたっていう話も怪しいものだわ」

「しかし、魔女のほうを殺す理由はなんだ。兄妹は、魔女とは面識がないはずだ」

「ねえゲオルグ、あなた、この森の管理者っていうぐらいだから、いつも歩き回って異常がないか調べているんでしょ」

「なんだ、急に」

「二週間も小さい人間の兄妹がさまよっていたのに、一度も出会わなかったの？」

「この森はお前たちの想像を超えるほど広いからな。……しかしたしかに、森じゅうにいる配下の獣や虫たちからも、人間の子どもがさまよっているという情報は入ってこなかった。二週間もさまよっていれば、さすがに誰かが報告をよこすはずだ」

「二人はさまよってなんかいなかったのよ。早い段階、おそらくは置き去りにされて初日に、魔女と出会っていたんじゃないかしら」

「……そして、監禁されていたということか。ハッグ一族は少年の肉を好む。食料を与えて太らせようとし、妹のほうは、家事の手伝いをさせられていた……」

やっとわかったみたいです。ハッグ一族の習性にはあんなに詳しいくせに、ここまで導くのにだいぶ時間がかかったわと、赤ずきんは思いました。

「きっと、先に殺されたのは魔女のほうよ。ヘンゼルを焼いて食べるのに、かまどの火加減を見るように言われたグレーテルは、見方がわからないから手本を見せてと頼んで、魔女がかまどの前に立った瞬間、背後から体あたりしてかまどの中に押し込み、蓋を閉めた」

「それならあの妹にもできそうだ」

「その後、二人はその家を利用して、憎き継母を殺すことにした。食器棚の仕掛けを作っておき、ゴフさんが仕事で家にいない間に家に戻り、金貨をえさにソフィアをお菓子の家まで誘い出して殺害した」

ゲオルグはくふん、くふんと納得するように鼻を鳴らしながら赤ずきんの話を聞いていましたが、突然、

「いや、ダメだな」

否定しました。

「大きな謎が一つある。兄妹がどうやって、あの家から出たか。唯一の出入り口であるドアには

内側から門がかけられていた。煙突も調べたが、鳥が入ってこないように、途中に二か所も金属の網が張ってあった」

オオカミのくせにどうやって調べたのかしらと思いましたが、ひとまずそれはおいて、思いついたことから訊きます。

「壁や屋根は？　ビスケットの継ぎ目は溶かせないのかしら？」

「ビスケットの継ぎ目には、ハッグ一族特製の砂糖シロップが使われている。溶かすには火を使わなければならないが、そうすればビスケットに焦げ目がつくはずだ。現場のビスケットにはどこにも焦げ目などなかった」

焦げ目、本当になかったのかしら？　他に、あのお菓子の家を密室にする方法はないかしら？

赤ずきんは、もう一度現場を見たくてたまらなくなりました。

「ねえ、魔女が死んだら、お菓子の家は腐ってしまうって言ったわね」

「ああ。この朝もやでふやけてしまっているかもしれない。今からもう一度、菓子の家に行って調べてみよう。赤ずきん、君も協力してくれないか」

望んでいたことでした。

「まさか私が、オオカミと事件捜査にあたることになるなんてね」

「さあ、早く背中に乗るがいい」

赤ずきんはうなずいて、その銀色のオオカミの背にまたがりました。朝もやは次第に、晴れていきます。

## 7.

ヘンゼルが目を覚ますと、天窓から朝の光がさしていました。隣にグレーテルはいませんでした。

寝室を出ると、両親の寝室からはゴフ父さんの地響きのようないびきが聞こえてきます。うんざりしながら辺りを見回します。台所に赤ずきんの姿が見えません。寝床はもぬけの殻《から》です。

外へ出ます。妹の後姿がありました。地べたにしゃがみ込み、小鳥たちに餌をあげているのでした。

「グレーテル」

声をかけると小鳥たちは飛び立ちました。グレーテルが振り返りました。

「おはよう、兄さん」

「赤ずきんはどこに行った？」

「私が起きたときには、もう台所にはいなかったわ。ドアをそっと開けてみると、ゲオルグさんの背中に乗るのが見えたの。声をかけようと思ったけれど、ゲオルグさんはものすごい勢いで走り出して……」

「いつ？」

「もう、二時間も前になるかしら」

「なんで起こさなかったんだっ！」

ヘンゼルはグレーテルの頬をばしんと、殴りつけました。グレーテルは倒れ、小鳥の餌があたりに散らばりました。うっ、うっ、と、グレーテルは泣きました。

「……ごめんよグレーテル。でもこれは、僕たちの今後にかかわることなんだ。昨日も言ったとおり、あの赤ずきんという女はとても勘が鋭いんだ。ゲオルグにおかしな入れ知恵でもしたら、困ったことになるかもしれない」

「ごめんなさい。私、そんなこと、気づかなくて」

この無垢な妹は、人を疑うということを知らないのです。純粋さというものはそれだけで尊いのですが、それは時に、完璧な犯罪計画の邪魔になりかねないものです。

「きっとゲオルグは赤ずきんの鋭さを見込んで、お菓子の家に行ったに違いないよ。僕たちも追いかけよう」

早くしなければなりません。あのお菓子の家が崩れ去ればヘンゼルの犯罪が露見することは永遠にありませんが、その前に赤ずきんが、お菓子の家を密室にする方法に気づいてしまったら……。

不穏な蹄《ひづめ》の音が聞こえてきたのは、そのときでした。町へと続く道のほうから、二頭の馬が走ってきたのです。

馬には一人ずつ、城主様の兵隊が乗っていました。廷吏です。

「おーい。ヘンゼルとグレーテルというのは、君たちかーい？」

ヘンゼルは、自分の顔がみるみる青ざめていくのがわかりました。馬の前に、ぷーんと赤い虫が飛んでいるのが、やけにはっきり見えました。

## 8.

朝の光の中で、お菓子の家は昨日とはだいぶ印象が違って見えました。チョコレートのドアは色あせ、正面のウエハースの壁も、側面のマカロン付きビスケットの壁もぼろぼろです。

「こんなに汚い家だったかしら？」

ゲオルグの背中から降りながら、赤ずきんは言いました。しかし、川のせせらぎも聞こえますし、昨晩と同じ場所であるのは間違いなさそうです。

「昨日も言ったが、ハッグ一族の魔女は、生きている間は何度でも菓子を出現させたり消滅させたりできる。当然、古い菓子を新しい菓子に変えることもな。死んだ後もその菓子は残るが、それ以降は腐っていくだけだ。見ろ、魔法が解けてアリが群がっている」

たしかに、ウエハースには無数のアリがたかっていました。こんなお菓子の塊が現れて、さぞ嬉しいでしょうねと思いながら、赤ずきんはドアノブを握り、チョコレートのドアを引き開けます。

そのとき、ぐいーっとふやけたウエハースの壁が軋みました。

「大変、倒れそうよ！」

どうして、ウエハースなんてもろい素材を壁に選んだのでしょう。これではお菓子の家が崩落するのは時間の問題です。早く調べないと崩れてしまう事件現場なんて聞いたことがありません。とにかく急いで、中へ入ります。

「あれ、もう朝なのに、ずいぶん暗いわね」

赤ずきんは部屋の中を見回し、気づきました。この家の窓は一つしかないのです。昨日ゴフさんが石でぶち破り、グレーテルが入り込んだキャンディーの丸窓です。こんな小さな窓一つきりでは、家の中が暗いのは当然です。きっと昼でも、リンゴ型のランタンを使っていたに違いありません。

「人間とは不便なものだな、明かりがないと何も見えないんだからな」

オオカミは、暗い所でもよくものが見えるのでこういう事情には無頓着なのでしょう。リンゴ型のランタンに火を入れたかったのですが、マッチの入ったバスケットは置いてきてしまいました。ゲオルグに頼んでもどうしようもないので、仕方なくドアを全開にして捜査をすることにしました。

「昨日見つけた地下室というのは、あれだ」

ゲオルグが顎をしゃくった先は、ドアにほど近い左側の床です。ビスケットが一枚外れ、ぽっかりと穴が開いています。

「入ってみるか？」

「外への抜け道はないんでしょ？　じゃあ、見ても意味はないわ」

限られた時間、閉じられたお菓子の家から出る方法を見つけるのが最優先です。まず注目したのは、閂でした。ドアと壁の両方に一つずつ、キャンディーでできた輪状の道具が取り付けられています。通す棒もまたキャンディーで、触るとべたべたしますが、力を入れてもなかなか折れない頑丈なものでした。輪のほうもしっかりドアに据え付けられていて、外れそうにありません。

「外に出てからこの門を通すというのは、昨晩も検討したが無理なことだ」

ゲオルグが言います。

「駆け付けたときにこの門がしっかりかけられていたことは、お前が一番よく知っているだろう？」

赤ずきんは少し考え、「いいえ」と答えました。

「私はドアを引いても少ししか開かないということを確かめたに過ぎないわ。ひょっとしたらドアを開くのを止めていたのは、この門じゃないかもしれない。まず初めにグレーテルが中に入ることもあの兄妹の計画のうちだったとしたら、グレーテルがその仕掛けを隠滅したとも考えられるわ」

「どういう仕掛けだ」

赤ずきんはドアと壁の間を調べながら少し考えましたが、うまい仕掛けは考えつきません。

「グレーテルがこの家に入ってからドアを開けるまで、ほんの少しの時間しかなかった。隠滅などできなかったのではないか」

ゲオルグの言うとおりです。赤ずきんはこの説を取り下げ、部屋の中を見回します。昨晩ゴフさんが壊したキャンディーの丸窓の破片。倒れた食器棚の下のソフィアの死体は放置されたままです。床では、アリが行列を作っていました。その奥には、かまど……

「煙突は？」

赤ずきんはゲオルグに訊ねます。

「あの二人の大きさなら、煙突を抜けて出て行けたんじゃないの？」

「さっきも言っただろう。煙突の途中には二か所、鳥が入ってくるのを防ぐ金属の網が張られている。それからかまどの中も調べたが、薪の灰や炭は自然に燃えた状態だった。足跡らしきものはない。煙突内部の煤《すす》にも、手形や足形の類はなかった」

「ちょっと待って。それを聞いたとき気になったんだけど、オオカミのあなたにどうしてそこまで調べられたの？」

「忠実なしもべが調べたのだ。おい、出てこい」

ゲオルグの耳のあたりがもぞもぞ動いたと思ったら、一匹のテントウムシが姿を現しました。

「エイミーという優秀な部下だ。城への報告も彼女が行う」

女の子なのね、可愛いわ、と見つめていると、エイミーはぷーんと赤ずきんの耳に飛んできました。

「煙突ノ網ニハ、木の葉ヤ小枝ノ燃え残りガたくさん載っていたワ。まるで誰かガ放り込んだあと、燃やしタみたいニ」

ずいぶんと甲高い声でした。この不思議な森には、人間の言葉を話せる動物や昆虫がけっこういるみたいです。

それよりも、木の葉や小枝の燃え残りとはどういうことでしょうか。兄妹のどちらかが魔女の目を盗んで屋根に上り、煙突から放り込んだというのでしょうか。家の側面のビスケットの壁にはマカロンの飾りがたくさん付いていますので、それをつかんで屋根によじ登るのはできそうです。しかし、いったい何のために——？

煙突が詰まっていたら煙が家の中に充満してしまいます。でもそれが何だというのでしょうか。

薄暗い室内。ソフィアはこんな暗い中で、金貨をちゃんと確かめられたのだろうかと、余計なことを考えます。

だんだん疲れてきました。どこかに座ってゆっくりと考えたい気持ちです。赤ずきんは周囲を見回しました。

「あら？」

「どうかしたのか」

「昨日からずいぶんすっきりしていて何かが足りないと思っていたけど、このお家、テーブルはあるのに、椅子が一つもないのよ」

「そんなの、ない家もあるんじゃないのか」

オオカミは人間の常識には疎いようですので、相談するのはやめて自分で考えることにします。

「なんでかしら。誰かが食べちゃったの？　そもそも椅子って腰かけるものだから、かなり強度のあるお菓子じゃないといけないんじゃないかしら」

赤ずきんは床の、アリの行列を目で追いました。

「ゲオルグ、このアリはどこに向かっているのかしら。暗いから私には見えないわ」

「かまどの近くの、壁際の床あたりに溜まっている。ちょうど昨日俺が、濡れていると言ったところだ。砂糖でも固まっているんだろうかな」

「砂糖……」

赤ずきんは天井を見上げ、じっと考えました。

そのとき、みしっと音がしました。誰かが屋根の上に乗っているのでしょうか。

「危ない、赤ずきん！」

耳元でエイミーの声がしたのと同時に、めりめりっ、と音がして、天井が崩れ落ちてきました。

「きゃあああ！」

赤ずきんは慌てて頭を押さえ、身をかがめます。屋根に押しつぶされてしまう……と思いきや、衝撃はそれほどではありませんでした。わずかな明かりを頼って外へ這《は》い出ると、ドアのあるウエハースの壁が外側に向かって倒れていました。マカロン付きビスケットの壁は左右に広がるように崩れ、奥のかまどのある壁だけが残っているので、屋根は斜めになっています。

「くそっ」

ゲオルグは悪態をつきながら出てきました。そのままビスケットの屋根に上り、うぉぉぉぉーんと、咆哮《ほうこう》しました。

「これで、鍵のかかった家から出る方法も見つけられなくなってしまった。魔女がソフィアを殺し、自殺したと報告するしかないのか」

悔しそうに屋根を前足で叩くゲオルグ。おや、と赤ずきんは思いました。

「ちょっと待ってゲオルグ。屋根のビスケット、ずいぶん頑丈じゃない？　朝もやがかかっていたのに……壁のビスケットと比べて、新しいんじゃないかしら」

「何だと？」

ゲオルグは屋根のビスケットと、側面の壁のビスケットを前脚で触って比べました。

「たしかにふやけ具合が違う。どういうことだ。魔女は殺される直前に、屋根だけ新しくしたのか？」

赤ずきんは答えず、屋根をじっくり観察します。左右四枚ずつの大きなビスケットが、砂糖シロップでつなぎ留められています。一度つなぎ留められた砂糖シロップをはがすには熱しなければなりませんが、そうするとビスケットの内側に焦げ目が残ったり、溶けた蜜が流れ出た跡が付くはずです。でも、それは認められません。

外したのでなければ、新しく作った？

でも、魔女が死んだあとでは新しいビスケットは手に入らない——。

「あっ！」

思考を巡らせているうち、赤ずきんはようやく、この「甘い密室」の真相に気づきました。

「ゲオルグ、わかったわ」

推理を告げると、ゲオルグはなるほどと、同意しました。

「しかし、菓子の家がこうなってしまった以上、それを証明することは難しい。こうしている間にもどんどん、家は崩れていく」

そう言い終わるか終わらないかのうちに、奥の壁も崩れ、屋根は落ち、煙突が向こう側に倒れました。

「絶望的だ」

「大丈夫よ。崩れたなら崩れたまま使いましょう」

呆然としているゲオルグに、赤ずきんは微笑んでみせました。

「今すぐエイミーを飛ばして、お城の廷吏を呼ぶがいいわ」

# 9.

廷吏が手綱を取る馬の背で、ヘンゼルは腹立たしくてなりません。ヘンゼルが起きる少し前、お城に詰めている二人の廷吏のもとに、一匹のテントウムシが飛んできたのだと言います。テントウムシは森の管理者、オオカミのゲオルグの使いでエイミーと名乗り、森の中で殺人事件が起きたことを告げました。事件のあらましを説明した後でそのテントウムシは、犯人は被害者の継子《まま こ》であるヘンゼルとグレーテルという兄妹だと名指ししたのだと言います。

そこで廷吏たちはテントウムシに案内され、二人の前にやってきて、殺害現場であるお菓子の家への同行を要請したのです。さらに、家の中に赤ずきんが忘れてきたバスケットも回収しました。

隣の馬には、グレーテルが乗っています。さぞ不安がっているだろうと思いきや、ずいぶんと落ち着いた顔をしています。

いいぞ、その調子だ。あの女がどんなことを言おうと、兄さんが軽く言い逃れてやるから、ボロを出すんじゃないぞ。

無音の森の中を、二頭の馬は進んでいきます。

やがて、お菓子の家が見えてきました。——正確には、お菓子の家だったもの、でした。屋根だけはしっかり形が残っていますが、他は見るも無残に崩れています。ウエハースの壁など溶けてしまい、ビスケットの床が丸見えです。あれは、地下室への穴を隠していたビスケットでしょうか。

朝もやのしめり気にやられてしまったのでしょう。ヘンゼルはこっそり、ほくそ笑みました。

お菓子の家がこうなった以上、どうやってドアの閂をかけて外に出たかは永遠に謎のはずです。

崩落したお菓子の家の前には、ゲオルグと赤ずきんが並んで立っていました。馬が脚を止めると同時に、ヘンゼルは飛び下りました。

「僕たちがソフィア継母さんを殺し、その罪を魔女のせいにしようとしたって？」

赤ずきんに向かい、余裕たっぷりにヘンゼルは言います。

「どうせ君の入れ知恵だろう。泊めてやったお礼としては、ずいぶんじゃないか」

「ねえヘンゼル」

憎たらしいことに、赤ずきんのほうも余裕を感じさせる態度です。

「あなたはどうしてそんなに元気そうなの？」

「森をさまよっているあいだも、きのこや木の実を食べたって言ったろ？」

「ねえヘンゼル、あなたの妹はどうしていつも不安そうなの？」

「そんな目つきの鋭いオオカミに睨まれたら、不安にもなるさ」

「じゃあ――」と、赤ずきんは人指し指を立て、突き付けてきました。

「あなたの犯罪計画は、どうしてそんなに杜撰《ずさん》なの？」

挑発的な発言に、ヘンゼルは思わず黙りました。気味が悪いほどの静寂の中、隙を突くようにゲオルグが口を開きます。

「廷吏よ、わがしもべ、エイミーから事件の概要は聞いたな？」

「え、ええ」「き、聞きました」

さっきまで偉そうだった廷吏の二人は、雰囲気にすっかりのまれていました。

「じゃあ赤ずきん、聞かせてやってくれ」

赤ずきんはうなずき、ヘンゼルの顔をしっかり見据えて、話をはじめました。

「ことの起こりは二週間前、ソフィアさんとゴフさんがあなたたち兄妹二人を森の中に置き去りにしたことよ。あなたたちは迷い、このお菓子の家にたどり着いてハッグ一族の魔女の伝統的な誘い方に乗ってお菓子の家を食べた。家に招き入れられてもてなされたけれど、すぐに魔女は豹変、女の子のグレーテルは働かされ、男の子のあなたは拘束されてしまった」

暗い地下室の檻の中に閉じ込められた時のことをヘンゼルは思い出しました。――いけない、いけない。自分たちは昨日初めて、お菓子の家に足を踏み入れたことになっているのだから。

「魔女はあなたを太らせ、焼いて食べようとした。ところがあなたたちは逆に魔女をやっつけ、そのうえ、お菓子の家を利用して大嫌いな継母を殺す計画を立てたんだわ。まず、グレーテルが薪を拾うふりをして外へ行き、枯葉や小枝をたくさん集め、マカロン付きの壁をよじ登って煙突の吹出し口から、中の鳥よけの網に敷き詰めた。こうすれば魔女があなたを焼くためにかまどに火を入れたとき、煙が部屋の中に充満するでしょう? 慌てる魔女に、グレーテルはこう言ったのよ。『煙突が使い物にならないみたいだから、一度、屋根を全部消してください』。ハッグ一族の魔女は、お菓子を自由に消せるものね」

くそっ！

危なく、表情に出るところでした。ヘンゼルが地下の檻の中で考えた計画をすらすらと口にすることの赤ずきんという女、何者なのでしょう。

ヘンゼルの心のうちなどおかまいなしに、赤ずきんは続けました。

「さらにグレーテルはこう続けたんじゃないかしら。『あとで私が屋根も直しておくから、そのためのビスケットとビスケットを継ぐ砂糖シロップを出してください』。もちろん魔法を使えば屋根なんて一瞬で作れるんだろうけど、ハッグ一族の魔女にしてみれば、人間の少女を働かせるのはこのうえない喜び。魔女はあなたたちの策略通り、ビスケットと砂糖シロップを出してくれたってわけね」

そうです。何もかも、この女は見抜いているのです。いったいどうして？　推理だけでここまで？　ヘンゼルはグレーテルの表情を見るのも怖いくらいでした。

赤ずきんは一息置いて、「さて」と手を打ちました。

「グレーテルはその後、かまどの火の見方がわからないと魔女に言い、魔女がお手本とばかりにかまどの蓋を開けて中を覗いた瞬間、体当たりして蓋を閉め、焼き殺したのね。そしてヘンゼルを檻から出し、食器棚の仕掛けを作った後、二人で家へ帰った。ゴフさんは町に働きに出ている日で、家に一人だったソフィアさんに、『森の中に金貨がたくさんある家がある』と誘い出した。ソフィアさんはさぞ、びっくりしたでしょう。家がお菓子でできていて、さらに、屋根がなかったんだから」

お菓子の家に入ったときのソフィアばばあの顔を、ヘンゼルは思い出していました。

――どうなってんだい、こりゃ。こんな家があるかい？

あのばばあは、天を仰いでそう言ったのです。

——小さい丸窓一つきりで暗いから、日が沈むまでは取り外しているんだよ。

屋根のないその不思議な家について適当にごまかしつつ、かまどのほうへ注意を向けたのでした。

「金貨を見つけたソフィアさんは屋根がないことなんてどうでもよくなってしまい、食器棚に押しつぶされてしまった」

本当に馬鹿な継母だよ。許されるなら口にしたいくらいでした。

忌々しい継母の顔と、推理を突き付けてくる少女の顔が重なります。赤ずきんはそんなヘンゼルの心境など知らず、「さあ、ここからが大事なところよ」と嬉しそうに言いました。

「魔女がソフィアさんを殺して自殺したように見せかけたかったあなたたちは、ドアに内側から閂をかけた。二人の出口はもちろん、屋根のない天井よね。ところが、内側の壁はつるつるのビスケットで、二人の身長ではよじ登ることができない。踏み台として使ったのが、椅子よ」

こっちへ、とヘンゼルたちをお菓子の家の壁に誘います。まさか、椅子の正体までわかっているんじゃないだろうなと……口を閉ざしたまま、ヘンゼルは移動しました。屋根と壁が崩れているので、床が見えていました。なんだこの真っ黒いのは……とよく見たら、アリが群がっているのでした。

「コップやお皿を置くだけのテーブルと違って、椅子は人間の重みを支える強度がなきゃいけない。そんな甘い物は何かって考えて、私は思い当たったの」

赤ずきんはヘンゼルの鼻先に人差し指を向けました。

「角砂糖よね」

頭を殴られたような気分に、ヘンゼルはなります。

「あなたたちは踏み台として角砂糖の椅子を積み、屋根のない家から外へ出た。そして、外に置いておいたビスケットと砂糖シロップでお菓子の家に屋根を作る計画ね。ところが、中に角砂糖を積んだままにしたり、倒してても一か所に固まっていたりしたら、トリックがバレてしまう。そこで、いっそのこと、溶かしてしまうことにした。屋根を作る前に、近くの小川から水を汲んできて外からかければ、角砂糖なんて簡単に溶けてしまうもの。床のビスケットがふやけていたのも、今こうして、アリがその角砂糖があった場所に群がっているのも、それが理由よ」

足元がふらふらとしてきました。倒れそうです。

「……屋根を作ったあと、架けるときの足場はどうしたというんです？」

廷吏の一人が訊ねました。赤ずきんはこれにも明快に答えます。

「角砂糖に水をかけた時と同じよ。家の側面の壁にはマカロンの飾りがたくさん付いているわ。体重の軽い二人ならこれを足場にすることは簡単だったでしょう」

廷吏は納得したようにうなずきます。

ふう、と赤ずきんは一息つき、ヘンゼルの顔を見ました。

「何か、言うことは？」

まるですぐ横で犯行を見られていたかのように、何もかも当たっています。しかし、認めるわけにはいきません。

「そ……そんなのすべては君の妄想だろう？」

足を踏んばり、ヘンゼルは言いました。

赤ずきんの推理は、憎たらしいくらいに完璧でした。でも、証拠がありません。今のままでは、ただの憶測で終わるはずです。

「僕たちはお菓子の家には、昨日の夜、君と一緒に入ったのが初めてなんだ」

「認めないというのね。魔女に会ったことも、もてなされたことも」

「ああ」

「魔女に拘束されたことも」

「知らない」

「檻に入れられたことも」

「知らないって言っているだろう。地下室の檻なんて」

赤ずきんが目を見開きました。彼女はゲオルグのほうを向いて、「聞いた？」と訊ねます。

「ああ」ゲオルグは力強くうなずき、ヘンゼルを睨みつけました。

「廷吏のお二人も聞きましたね？『地下室』って」

「は、はい」

「聞きました」

なんだというのでしょう？　廷吏はヘンゼルの顔に、矢のように鋭い視線を向けています。

「私はただ、『檻』としか言ってないわ。お菓子の家にはたしかに『地下室』があった。でも、昨日の夜、私たちはそれを見ていない。あのとき初めて訪れたのなら、あなたはどうして『地下室』の存在を知っているの？」

しまった……と思いましたが、まだ言い逃れはできます。

「さっき、見えたんだよ。ビスケットの床板が外れて、穴が開いてた。中に階段があった。どう見ても、地下室への出入り口だったよ」

「どこよ？」

「こっちだよ！」

ヘンゼルはドアのほうへ回り、どろどろに溶けたウエハースの壁をどかし、ビスケットの床板を外しました。

その下には……土があるだけでした。

「はっ、な、なんで？」

隣のビスケットをめくります。土。その隣のビスケットの下も、その隣の下も、土、土、土。

「無駄よ」

赤ずきんを見上げると、彼女は笑いながら、右方向を指さしていました。木の陰からのっそりと、昨日の熊が出てきました。

「ここ、実は昨日のお菓子の家の場所じゃないの。この広い森の中には、こうやって開けた場所がいくつかあるんですって。だからさっき、崩れたお菓子の家をまるまる熊さんに、運んできてもらっちゃった」

唇が、ぶるぶると震えました。

「もう一度訊くわね、ヘンゼル。どうしてあなたは、お菓子の家に地下室があることを、知っているの？」

全身から血がなくなったような感覚です。お尻から地面に崩れ、両手で髪の毛をつかみ……そしてようやく、ヘンゼルは気づいたのです。気味が悪いほどの静寂――お菓子の家の近くを流れていた、川のせせらぎが聞こえないことに！

ああ、なんて馬鹿なんでしょう。ここがあの広場ではないことなんて、馬から下りた瞬間に気づくことができたはずなのに。いや、その前からずっと、馬は無音の森の中を進んでいたのではなかったでしょうか。

ヘンゼルを嘲笑うかのように、テントウムシがぷーんと鼻先を横切っていきます。赤ずきんはなおも話しかけてきました。

「これはもちろん、『昨晩死体を発見したときより前にあなたがお菓子の家に行ったことがある』という事実を明らかにしただけだわ。でも、なんでそれを秘密にしていたのか、そして、それを暴かれてなんでそんなにショックを受けるのか――」

「わあぁぁっ、グレーテル！」

ヘンゼルは両手を地面に叩きつけました。これで何もかもお終《しま》いです。グレーテルを守る勇ましい時間も、グレーテルを叱る大事な時間も、そしてグレーテルを可愛がる甘い時間も……！

「もういい赤ずきん、それくらいにしとけ」

厳粛なゲオルグの声が、ヘンゼルの耳を素通りしていきます。

「廷吏よ、あとの尋問はお前たちの仕事だ」

「はっ。あ、そうだ。赤ずきんさん、これをどうぞ」

歪んだ視界の中、廷吏は赤ずきんにバスケットを渡していました。

## 10

馬上の二人は、まるで藁《わら》でできた人形のように力ない姿でした。廷吏がそれぞれ馬を引いて去っていきます。グレーテルのほうは抵抗もせず、馬に自ら乗りました。

二頭の馬が去ろうとするとき、

「赤ずきんさん」

グレーテルが口を開きました。廷吏は馬を止めました。

彼女は赤ずきんを見下ろしています。八歳の、年端もいかない女の子です。

赤ずきんは、彼女が何を言うのか、息をのんで待ちました。すると、

「……ありがとう」

お礼の言葉が出ました。

「えっ？」

「馬を出してください」

グレーテルはすぐに前を向き、廷吏に言いました。遠ざかる馬の上で揺れる小さな背中を見送りながら、なんでお礼を言うのだろうと赤ずきんは考えました。

ひょっとしたら、彼女がリンゴ型のランタンを指さしたのも、ゴフさんが兄妹を置き去りにしようとしたことを言ったのも、うっかりではなくわざとだったのではないか——なぜか、そんな考えが浮かびます。

昨晩、ぴったりと赤ずきんに寄り添ってきたグレーテル。あれは、赤ずきんに親近感を抱いていたのではなく、ヘンゼルに怯えていたのではないでしょうか。

ヘンゼルはグレーテルを可愛がるあまり、歪んだ愛情を抱いていたようにも思えます。そう言えば昨日、グレーテルが同じ部屋に赤ずきんを泊めようと言ったとき、ヘンゼルは頑なに拒否したじゃありませんか。

二人の寝室はヘンゼルにとっては甘く、グレーテルにとっては苦痛な密室だったのでは——。ずっと不安そうな表情だったグレーテルの顔、あれは——。

「赤ずきん」

ゲオルグの声に我に返りました。

「これから森の仲間と食事をするが、お前も来るか?」

赤ずきんはバスケットを腕にかけ、「いいえ」と答えます。

「シュペンハーゲンまで、クッキーとワインを届けなければいけませんもの」

「それならせめて、森を抜ける道まで案内しよう」

広い広い森の中をゲオルグと歩きはじめます。赤ずきんはそのあいだも、考え込んで何もしゃべりませんでした。やがて道にたどり着き、ゲオルグはお別れだ、と言いました。

「いつでも、前向きにな」

そうね、前向きになりましょう。去っていくゲオルグの姿を見て、赤ずきんは思いました。犯行を暴いたことによって、グレーテルが何かから解放されたのは間違いないのです。

まさか、オオカミに勇気づけられるなんてね。

赤ずきんは少しおかしく思いながら、新たな旅の一歩を踏み出したのでした。
シュペンハーゲンは、確実に近づいてきています。

# 第３章　眠れる森の秘密たち

## 1.

そのおじいさんは、とても不思議な銀ぴかの椅子に座っていました。

側面から背後にかけて、大小たくさんの歯車がかみ合っていて、手すりにはサーベルの柄のようなレバーがいくつか付けられています。それだけでなく、椅子の両側面には、大きな車輪がありました。

「おい、わしを助けろ」

おじいさんは赤ずきんに命令しました。地面から盛り上がってタコの足のように複雑に絡み合っている樫《かし》の木の根っこに、その車輪が嵌《は》まってしまい、動けなくなっているのでした。

「おいグリジェ。早くせんか」

赤ずきんのことを誰かと勘違いしています。ずいぶんと失礼なおじいさんですが、他に人も通らないような森の中、助けないわけにはいきません。

赤ずきんは唯一の荷物であるバスケットを地面に置き、その椅子のうしろに回り込みました。ちょうど握りやすい横棒が付いていましたので、それを力を込めて押しました。がたんと音がして、すぐに車輪は根っこから抜けました。

「ふう、助かった。上出来、上出来」

おじいさんは赤ずきんの顔に目を移し、「ん？」と目をしばたたかせました。

「おぬし、グリジェではないな」

「そうよ。私は赤ずきん」

「グリジェはどうした？　いつ入れ替わった？」

「初めから私だわ。ねえおじいさん、私は旅をしているの。今晩、泊まるところを探しているんだけど、おじいさんの家はダメかしら？」

「この！　誇り高きグーテンシュラーフ王国の宰相《さいしょう》、キッセンにむかって『おじいさん』とは何事だ！」

こぶしを振り上げて赤ずきんに殴りかかろうとしますが、赤ずきんはひょいとよけました。

「ごめんなさい。そんなに偉い人だとは知らなかったの」

宰相といえば、一国の政治の長です。このおじいさんが……？　そんなわけありません。ちょっとボケているのでしょう。

「まあいい。泊めてやらんことはない。ちょうど今夜は知り合いを呼んで晩餐会《ばんさんかい》を開くんじゃ。ついてこい」

キッセンじいさんは、椅子についているレバーをつかみ、舟でもこぐように動かしました。がちゃこんぎぎ、がちゃこんぎぎ、と機械音を立てて車輪が回ります。動きはじめた椅子の後を、赤ずきんは追いかけました。

やがて森は開け、町が見えてきました。町の中央の丘のくねくねとした道を、キッセンじいさんを乗せた椅子はがちゃこんぎぎ、がちゃこんぎぎと上っていきます。

丘の上にあったのは、とても立派な、二階建てのお屋敷でした。キッセンじいさん、かなりの名士のようです。考えてみればこの妙ちきりんな椅子も、お金があればこそ作れるのでしょう。

「宰相！」

いよいよお屋敷が近づいてきたころ、走り寄ってくる女の子がいました。

「おお、グリジェ。ここにいたのか」

「お帰りが遅いので心配しておりました」

髪の毛の色はだいぶ違いますが、背格好と年齢は赤ずきんと同じくらいでした。

「初めまして、私は赤ずきんです。旅をしている途中なの」

「今晩、泊めてやることにした。食事を一人分多く用意するよう、トロイに伝えろ。……おや、スムスのやつはもう来ているのか」

キッセンじいさんは、屋敷の玄関脇に駐《と》めてある大きな荷車に目をやりました。持ち主は整理が苦手なのか、船でも解体してきたかのような金属のガラクタがたくさん載っています。

「はい。先ほどお見えになりました。ブルクシさんも、もうすぐお見えになるかと」

「そうか。今晩はにぎやかになりそうだな」

赤ずきんはふと、上ってきた丘の道を振り返りました。

「わあ……」

思わず声が出ました。オレンジ色の西日の中、町と森が広がっています。歩いていたときには気づかなかったのですが、森の中に、三つの尖塔《せんとう》を持つとても荘厳なお城があったのです。シンデレラと舞踏会に参加したあのクレール・ドゥ・リュヌ城よりもずっと大きく、ずっと立派で……、しかし次の瞬間、赤ずきんは違和感を覚えました。

何というか、お城に活気が感じられないのです。外壁は黒ずみ、尖塔の上部まで蔦《つた》が絡みついています。

もう何十年も人が住んでいないようなそのお城は――、眠っているように見えました。

## 2.

それから何時間か後のこと。

赤ずきんはお屋敷の食堂にて、キッセンじいさんと、四人の人たちと共に、楕円形のテーブルを囲んでいました。テーブルの上の燭台《しょくだい》のろうそくにはあかあかと火が灯り、夜だというのに食堂は昼間のような明るさでした。

「ほほう、君が宰相の車椅子を木の根っこから解放してくれた女の子か」

赤ずきんの正面に座った、ひげもじゃの太った男の人が物珍しそうに赤ずきんの顔を覗き込んできます。

「感謝するよ。宰相ももう年だから、本当は俺に任を譲って隠居すればいいんだ」

彼はちらりと、赤ずきんの隣のキッセンじいさんに視線をやりました。

グリジェにいろいろ聞いて知ったことなのですが、キッセンじいさんは、この国の宰相をもう六十年にわたって務めているそうで、今年で八十二歳ということでした。

「ふん。お前なんぞに任せておけるか、ゲーネン。人心が離れていく」

「そんな言い草はないだろう、俺は仮にもあんたの息子だぜ」

「仮も仮。わしはお前を認めたわけじゃない」

「ちょっとちょっと二人とも。お客さんの前でみっともないわ」

割って入ったのは、ゲーネンの隣に座っている三十歳くらいの女性でした。胸元をあらわにした紫色のドレスを着込み、髪の毛もしっかりとセットされているのですが、唇と爪を真っ黒に塗り、目元にも黒のラインが入った気味の悪い化粧をしています。何にもまして気味が悪いのは、ドレスの胸の中央に大きな蜘蛛《くも》の形をしたブローチを着けていることでした。

「ごめんなさいね、赤ずきんさん。私はシュナーヒェン。宰相のいとこの孫よ」

悪趣味な見た目とは異なり、好感の持てる口調でした。

「ゲーネンはキッセン宰相の養子なの。国王不在の特異な状況にある今、宰相はこの国を守らなきゃいけないでしょう。でも宰相は偏屈で結婚には縁がなくて、跡継ぎがいないの。そこで隣のラッフェル公国の宰相家から養子を迎えたってわけ」

「『迎えた』だと？」

キッセンじいさんがすごみます。

「『押し付けられた』の間違いだわい。だいたいお前が首を縦に振れば、こんな男、とっとと送り返してやるものを」

「私は嫌よ。宰相って忙しいんでしょう？　政務になんて追われていたら、いつカミキリムシの生態を観察すればいいの？」

どうやらこのいっぷう変わった宰相一家には、国家に関連した事情があるようです。そもそも、国王不在で国が成立するものでしょうか？

「ひっ！」

そのとき、赤ずきんは叫びました。シュナーヒェンの胸元の蜘蛛がもじょもじょと動いたからでした。ブローチなどではなく、本物だったのです。

「あらいけない。お行儀が悪くて困るわあ、おほほほ」

シュナーヒェンは蜘蛛をむぎゅっとつかんで元の位置に戻します。赤ずきんはすっかり食欲がなくなってしまいました。

「スムス兄さん、やめてくれよっ！」

赤ずきんをさらにびくりとさせたのは、左隣に座っていた男の人の金切り声でした。整えられた口ひげのこの人は、年齢は三十歳くらいでしょうか。その向こうにいるのが、スムス兄さんと呼ばれたおかっぱ頭の男性です。彼はスープ皿のすぐ脇に置いた不思議な装置の取っ手をぐるぐる回し、円盤を縦に回転させていました。

「お前にはわからないだろうな、ブルクシ。これは有史以来のスープの食べ方を変えてしまうかもしれない画期的な発明だ」

円盤には等間隔に八本のスプーンが角度をつけて溶接されています。円盤を回転させることにより、そのスプーンが次から次へとスープをすくって彼の口に運んでいく――という仕組みなのです。ただ、取っ手を回すスピードが速いので、スープは彼の口に入るどころか、ぴちゃぴちゃと隣の弟、ブルクシの服に飛んでしまっているのでした。

「スムスはこの国一の鍛冶屋でな。私のこの車椅子を作ってくれたのも、彼なんじゃ」

キッセンじいさんが説明してくれました。

「まあ……、それは、すごいわね」

赤ずきんが調子を合わせると、わが意を得たりとスムスは笑顔を見せました。なんだか、妙な人ばかりが集まった晩餐会です。

ぱたん、とドアが開きました。

グリジェと、四十歳くらいの、馬のように面長な召し使い風の男性が入ってきました。二人は美味《おい》しそうな鳥の丸焼きが載ったお皿を持っています。この屋敷には他にも何人か召し使いがいますが、食事の用意はこの二人に任されているようでした。

「ふむ、いい焼け具合だ」

キッセンじいさんは満足そうです。

「本来なら取り分けるのは主人である私の役目だが、あいにくと立ち上がるのが困難でな、忠実なる召し使いのトロイに代役を頼むことにしよう」

グリジェと共に丸焼きを運んできた面長の男性が深くお辞儀をし、長いナイフで丸焼きを切り分けます。

一同が黙って注目する中、

「ねえ、グリジェ」シュナーヒェンがグリジェのほうを向きました。

「あなた、最近、ナップという男と付き合っているそうね」

「い、いえ……」

「隠しても無駄よ。私の耳には噂話が羽虫《はむし》のようにたくさん飛び込んでくるわ」

黒い爪の指で胸元の毛だらけの蜘蛛を撫《な》でながら追及するシュナーヒェンの声色には、とげが感じられました。

「あなたはイタリア人の浮気グセを知らないわ。若い女なら誰にでも声をかけるのよ」

「そんな……。あの方はそんな人ではありません。私のために素敵なベッドを作ってくれると言いました」

弁明するグリジェに向けて、シュナーヒェンは哀れそうに笑いました。

「たしか彼は、大工の遍歴修行中なのだろう」

鍛冶屋のスムスが口を挟み、厨房のドアを指さします。

「腕はたしかだ。俺は彼に頼まれて、あれと同じ蝶番《ちょうつがい》をいくつかこしらえてやったんだ。こっちから押しても、向こうから押しても開く。そしてひとりでに閉まるっていう、優れものさ」

「あんたは黙ってて！」

シュナーヒェンの射るような視線に、スムスは肩をすくめました。シュナーヒェンは再び、グリジェのほうに顔を向けます。

「とにかく、あんな男とは別れるのよ。たとえベッドを共にしたって、あの男の心があんたのものになることは永遠にないわ」

「そのへんにしとけ、シュナーヒェン。お前こそ客人の前でみっともないぞ」

キッセンじいさんがうるさそうに言います。

「グリジェ。あとはトロイに任せ、おまえは休むがいい」

「はい、失礼します……」

グリジェはしょんぼりしたまま、食堂をあとにしました。なんだかその姿が、赤ずきんにはかわいそうに見えました。

「赤ずきんちゃん、あんた、旅をしていると言ったな」

お皿に取り分けられた丸焼きをかみちぎっていたひげもじゃ大男のゲーネンが、突然訊ねました。

「え、ええ、そうよ……」

「何か、面白い話はないのか？　旅の途中で聞いた話でもいいし、もちろん、あんたの体験談でもいい」

「いいわね！」

ぱちんとシュナーヒェンが手を叩き、胸の上の蜘蛛がびくりとします。

「そりゃ楽しそうだ。ぜひ頼む」

キッセンじいさんも乗り気です。スムスとブルクシの兄弟も、期待の目で赤ずきんのほうを見ています。

「わかりました」

赤ずきんはナイフとフォークを置きました。ただで晩餐会にお呼ばれしているのだから、何かお返しをしなければならないと思っていたところです。お話で済むなら、これほどうれしいことはありません。

「これは、私が旅に出て少し経った日のことよ」

赤ずきんは話をはじめました。

「クレール・ドゥ・リュヌ城というお城に近い村で、小川沿いの道を歩いていたら、バーバラっていう魔法使いのおばあさんに出会ってね――」

＊

シンデレラの一件と、ヘンゼルとグレーテルの一件をすっかり話してしまうと、場はしーんと静まり返っていました。こんな話、お好みじゃなかったかしらと赤ずきんは焦りましたが、

「ブラボー！」

ゲーネンが手を叩いて喜びました。次いでシュナーヒェンやスムス、ブルクシ、キッセンじいさんまでもが拍手喝采を送ってきました。

「大した話だ。あんた、見かけによらず、ずいぶん賢いようだな」

鍛冶屋のスムスがスープ飲み機をくるくる回しながら笑います。彼の前のテーブルクロスだけ、すっかり黄色くなっています。ワインのせいか、スムスの顔は赤くなっていました。

「見かけによらずとは失礼だよ、兄さん」と、ブルクシ。

「僕はすっかり感動しちゃったなあ、赤ずきん。君の彫刻を作ってあげたいくらいさ」

「まあ、それはありがとう」

赤ずきんはお礼を言いましたが、

「やめときなさいやめときなさい」シュナーヒェンがワイングラスを傾けながら左手をぶんぶん

と振ります。

「この変態彫刻家はね、女の裸の彫刻しか作らないんだから」

「えっ」

「まあ、その道での評価は高いらしく、私の母国、ラッフェル公国の貴族たちからも注文はひっきりなしだそうだがね。みんな官能的なものが好きなのさ」

ゲーネンが、がははと笑います。ブルクシも、えへへと笑いながらワインを飲みます。酔って下品な話をする大人の男ほど、たちの悪いものはありません。幸い、今なら赤ずきんはこの場でまだ発言権がある雰囲気です。さっさと新しい話題を提供するに越したことはありません。

「ねえ、今度はこの国のお話を聞かせてもらえないかしら？」

ゲーネンは笑うのをやめました。キッセンじいさんが赤ずきんを見やります。

「この国の話とは？」

「この国にはどうして、王様がいないの？　それから、森の中に、蔦の絡みついた眠ったようなお城があるわ。あれは、何なの？」

キッセンじいさんはうんうんとうなずくと、

「おい、トロイ、例の曲をやってくれ」

召し使いのトロイは、はいとうなずきました。部屋の隅には、木でできた不可思議な機械があります。赤ずきんは初めて見ましたが、キッセンじいさんによれば、それは、古今の音楽を奏《かな》でることができるオルガンというものだそうです。

「シュナーヒェン」

「わかってるわ」

シュナーヒェンが勢いよく立ち上がります。トロイはすでにオルガンの前に座り、細長い蓋を開けています。

「本当は、トロイと、メライとの連弾で聴かせてやりたいんだがな」

「あの放蕩《ほうとう》息子、今ごろ飲んだくれてますよ」

キッセンじいさんのつぶやきに、ブルクシが答えました。

と、オルガンから優しい音楽が聞こえてきました。んん、とシュナーヒェンは軽く咳ばらいをし、

「それは、むかしむかしのこと～」

両手を胸のあたりに当て、歌いはじめました。夜空の果てまで突き抜けるような、よく響く美声です。

「グーテンシュラーフのお城に～　お姫様が生まれました～　王様も、お妃さまも、国の民も、とても喜びました～　その美しさはまるで～　夜空に輝く幻想の光～　お姫様はオーロラと名づけられたのでした～」


――その歌はこんな内容でした。

オーロラ姫の誕生を祝った宴には、この国の森にすむ十二人の魔女が呼ばれました。魔女たちは宴の最後に、お礼として、オーロラ姫に幸福のおまじないを授けたのでした。

一人目の魔女は、富を。

二人目の魔女は、多くの人に愛される愛嬌を。

三人目の魔女は、花もうらやむ美しい顔と髪を。

四人目の魔女は、雪のような白い肌を。

五人目の魔女は、病気に負けない丈夫な体を。

六人目の魔女は、水の災いから一生守られる体を。

七人目の魔女は、火の災いから一生守られる体を。

八人目の魔女は、獣の災いから一生守られる体を。

九人目の魔女は、毒を飲んでも死なない体を。

十人目の魔女は、歌と踊りの才能を。

十一人目の魔女は、年頃になったら運命の人と結ばれる未来を。

……と、この十一人目の魔女のおまじないが終わったとき、宴の会場にものすごく生臭い突風が吹いたのです。閉まっていた窓が吹き飛ばされ、真っ黒い塊が飛び込んできたかと思うと、姫の前で老婆の形になりました。

それは、森にすむ十三人目の魔女でした。この魔女は性格が悪いので、宴には呼ばれなかったのですが、どこかでオーロラ姫の誕生を祝う宴のことを聞き付け、自分だけがのけ者になっていることに腹を立てて押し入ってきたのです。

「おお、ごめんなさい。あなたはお忙しいと思ってお呼びするのを遠慮したのです」

王様は言い訳をしましたが、十三人目の魔女の怒りは収まりませんでした。

「私をこけにするとどういうことになるか、思い知るがいい！」

干からびたいばらの枝のような指を、小さなオーロラ姫の鼻先に突き付けると、十三人目の魔女は呪詛《じゅそ》の言葉を浴びせました。

「オーロラ姫は、十六歳になったその日、糸車のつむ（糸にする前の綿を引っ掛ける棒の部品）に指先を刺されて死んでしまうだろう！」

高笑いを残し、十三人目の魔女は再び黒い塊になって窓から出て行きました。あまりのことに王様は呆然とし、お妃さまは泣き崩れました。生まれたばかりなのに、十六歳で死ぬことを運命づけられるなど、なんと不憫《ふびん》な姫なのでしょう。

ところがそのとき、

「私にお任せください」

手を挙げた者がいました。宴の末席に座っていた、十二人目の魔女でした。彼女がまだ、オーロラ姫に幸福のおまじないをかけていなかったことを皆が思い出しました。

「残念ながらあの魔女より私の魔法は弱いので、姫の背負った呪いを完全に消すことはできません。ですが、弱めることはできます。オーロラ姫は、十六歳の誕生日、糸車のつむを触っても、死なず、深い眠りに落ちるでしょう。その深い眠りは百年続き、そのあいだは何があっても起きることはありません。そして百年後、先ほど十一人目の魔女がかけたおまじないの、運命の人が目を覚ましに来るでしょう」

おお、と周りの者たちはざわめきました。長い眠りに落ちるとはいえ、若くして不幸な死をとげるよりはましというものです。

しかし王様は、あくまで十三人目の魔女の呪いに抵抗する道を選びました。次の日から国じゅうの糸車を回収し、燃やしてしまったのです。オーロラ姫は魔女たちのおまじないに守られ、幸せにすくすくと育ちました。さらに王様は、オーロラ姫が十五歳と一か月目のある日から、部屋から一歩も出させなかったのです。

ごく親しい人以外とは誰とも顔を合わせないまま十か月と少しが経ち、ついに運命の十六歳の誕生日がやってきました。その日、オーロラ姫が目を覚ますと、枕元に美しい顔立ちの少年が立っていました。実はこの少年は、あのいじわるな十三人目の魔女の手下であるコウモリが化けた姿でしたが、オーロラ姫がそんなことに気づくわけもありませんでした。

「オーロラ姫、王様よりあなたにプレゼントがあります。この鍵を持って、お城の東の塔のてっぺんの部屋へどうぞ」

オーロラ姫は喜んで鍵を受け取りました。久しぶりに部屋から出られるばかりか、そこは、子どもの頃から近づいてはいけないと言われていて、ずっと気になっていた部屋なのです。きっと、この日のプレゼントのためだったんだわと、オーロラ姫は東の塔へ上り、部屋の鍵を開けました。がらんとした部屋の中央に、黄金に光り輝く不思議な道具がありました。水車のようにも見えますが、水に当てるための羽根がありませんし、ずいぶん小さいのです。

実はこれは、城に伝わる家宝の、黄金の糸車でした。かつてグーテンシュラーフ城が敵に攻められたとき、時の王妃がこの糸車を引きながら祈りの歌を歌うと嵐が起き、敵兵をことごとく吹き飛ばしたという伝説があるのでした。さすがの王様もこの糸車だけは処分できず、かといってオーロラ姫の手の届くところに置いておくわけにもいかず、東の塔のてっぺんの部屋にしまい、何人《なんぴと》も近づけないようにしていたのでした。

そんなことを知らないオーロラ姫は糸車に手を伸ばし、つむに触れました。哀れ、オーロラ姫はこうして、百年の眠りについてしまったのです。

お妃さまの嘆きようは、目も当てられないほどでした。

「百年も経てば、私も、王も、家来もみんな死んで、周りは知らない人だらけだわ」

「気をたしかに持つんだ。運命の人が目を覚ましに来ると、十二人目の魔女も言っていたではないか」

王様がなだめても、お妃さまは聞きません。

「あなたは事の重大さをわかっていないのです。私たちには、オーロラの他に子どもはいないのですよ！」

お妃さまはオーロラ姫を難産の末に産んでおり、二度と子どもの産めない体になっていたのです。

「この国の王は男子と決まっております。となれば、オーロラに王子を産んでもらう他はありません。ところが、オーロラのもとに夫となる人が現れ、オーロラが結婚できるのは百年後。あなたは生きてはいないでしょう？　あなたが死んでからオーロラが王子を産むまでの間、王位は空位となり、他の国に乗っ取られてしまうかもしれません」

「望みは、つながっておる」

「オーロラには呪いがかかっているのです。どんな望みがあるというのですか！」

お妃さまが悲嘆の叫びをあげたそのとき、すっと前に出てきた男がいました。宰相でした。

「僭越《せんえつ》ながら王様、ならびにお妃さま、私めがこの国をお守り申し上げます。私が力尽きた場合は、私の後継、そのまた後継が、必ずやこの国の政治を安定させ、オーロラ姫様の運命の方をお迎えする準備をしておきましょう」

「おお、頼んだぞ」

王様は宰相の手を取り、力強く握ったのでした。

その後、万が一に備えて、城の最も入りにくい部屋にオーロラ姫を寝かせておこうということに決まりました。それは皮肉にも、東の塔のてっぺんの部屋でした。さっそく豪華なベッドが運ばれ、伝説の黄金の糸車のそばに置かれたのでした。


——歌い終えたシュナーヒェンは疲れた様子で、水を一気に飲むと、ふう、と息をついて椅子に腰を落としました。

「どうかな、赤ずきん」

キッセンじいさんが、赤ずきんの顔を見ました。

「これで、わがグーテンシュラーフ王国の置かれている状況がわかったかな」

「わかったけれど、歌に出てきた宰相《さいしょう》っていうのは……」

「むろん、わしのことだ。オーロラ姫が眠りについてから四年後、お妃さまは心労がたたってお亡くなりになり、後を追うように王様も亡くなった。以来、わしが王の代わりとして、この国をとりしきっているというわけだ」

「オーロラ姫は、今も眠っているの？」

「ああ、今年で、四十年目になる」

四十年！　その長い眠りを想像して、赤ずきんは気が遠くなりそうでした。

「お城には誰も住んでいないの？」

「そうだな。あの頃の家来はみんな死んでしまった。わし一人で、あんな広い城に住んでもしかたなかろう」

「一人で眠っているなんてかわいそうよ」

「城には鍵をしっかりかけてあるし、ひと月に一度は様子を見に行っているから大丈夫だ。そうじゃ、明日はその月に一度のオーロラ姫の寝姿を見に行く日じゃ。赤ずきんよ、お前も来るか」

「ええ、ぜひ」

本物のお姫様に会うのは初めてで、楽しみだと思いました。

「そういえば！」

突然、スムスが立ち上がりました。

「宰相、お城の鍵をお預かりしなければ。今夜、あの城から甲冑《かっちゅう》を持って行かねばなりません」

「わかっておる。話の途中じゃ、後で渡すから、座れ、座れ」

キッセンじいさんはうるさそうにスムスを座らせました。


その夜、晩餐会が終わったのは十一時を過ぎたころでした。スムスとブルクシは屋敷を後にし、キッセンじいさんとゲーネン、シュナーヒェンは屋敷の自室に帰りました。赤ずきんもあてがわれた客室に戻ると、お腹がいっぱいだったこともあり、ベッドに入るとすぐに眠ってしまいました。眠りの姫の国だけあり、安らかな眠りでした。

## 3.

「あら、前髪に何か付いているわ」

ミルクを運んできたグリジェの前髪に赤ずきんは手を伸ばします。それはきれいな金色の糸くずでした。

「どこでこんな糸くずを？」

「さあ……」グリジェは首をひねり、赤ずきんの器にミルクを注ぎました。

赤ずきんは、昨日の食堂でキッセンじいさんとシュナーヒェンと三人で朝食を取っています。

時刻は午前九時。ひげもじゃ大男のゲーネンは、いつもはこの時間に起きてこないとのことでした。

「旦那様！」

突然、召し使いのトロイが嵐のような勢いで飛び込んできました。

「大変です、旦那様、どうしましょう、旦那様！」

「なんだというんじゃ、そんなに慌《あわ》てて」

「メライが、人殺しの罪で刑吏たちに捕まってしまいました」

「なんじゃと？」

がっちゃんと、キッセンじいさんは車椅子の向きをトロイのほうに変えます。

トロイの息子のメライについては、赤ずきんも昨晩のうちに聞いていました。――子どもの頃から、このキッセンじいさんの屋敷で召し使いとして働いていた若者です。今年、二十歳になったのですが、「こんな屋敷で一生を棒に振ってたまるか」と飛び出し、以来、町でならず者とつるんで日がな飲んだくれて暮らしているらしいのです。

「今日の明け方、丘の西地区にあるデック広場の中央で、ジーンというならず者の刺殺死体が見つかったそうです」

熟れていないリンゴのように青い顔で、トロイは言いました。

「凶器は見つかっておらず、役人たちが犯人を捜索したところ、丘のふもとのハシバミの茂みでメライが酔いつぶれていたとのことで。メライの服は血まみれで、そばには血の付いたナイフが落ちていて、役人たちはその場でメライを叩き起こし、逮捕したのだとか」

「メライは何と言っているんじゃ？」

「自分ではない、助けてほしいと。それで、私のところに刑吏から報《しら》せがきたのです。メライは飲んだくれていますが、殺人などできる子ではありません、どうしましょう、旦那様」

「いかん、いかん。これは困ったぞ……」

キッセンじいさんは薄くなった髪をぐしゃぐしゃとかき回しています。

「冤罪《えんざい》だというなら、晴らしてもらえばいいじゃない」

一人、落ち着き払っているのはシュナーヒェンでした。

「誰に晴らしてもらうんじゃ？」

「忘れたというの、宰相」ちらりと、赤ずきんのほうへ視線を移します。「この子が、難事件をいくつも解決してきたということを」

「えっ？」

ミルクを飲んでいた赤ずきんは、一同の顔を見回しました。期待の視線が注がれていました。

＊

牢獄は、丘を下りて南のほうにありました。キッセンじいさんにトロイ、シュナーヒェン、赤ずきんの四人で訪ねると、囚われ人のメライと牢越しに面会することができました。槍を携えた、眉毛の太い刑吏が、ぎろりと一行を睨《にら》みつけています。

「おやじ、俺はやってない、信じてくれ」

トロイに訴えるメライのその情けない姿は、二十歳なのに幼い少年に見えます。それにしても顔の似ていない親子で、メライはむしろ、別の誰かに似ている気がしました。

「大丈夫、この赤ずきんさまが、いわれのない罪を晴らしてくれる」

「赤ずきん？」

んぐぐ、んぐぐ、と牢番がわざとらしい咳ばらいをしました。

「いくら宰相の関係者であっても、殺人者は殺人者。刑が確定すれば、首を斬られます」

「わかっておる。だが、冤罪か否かを捜査する権利ぐらいあるじゃろ」

「囚人がやったというのを覆すのは難しいでしょう。何せ、シャツに血がべっとり付いていましたからね」

「被害者が殺された正確な時間はわからないの？」

赤ずきんが訊ねると、牢番は顔をしかめましたが、槍を小脇に挟み、折りたたんだ紙を胸のポケットから取り出しました。

「午前三時。デック広場に面した靴屋の主人が叫び声を聞き、窓から外を見ると、倒れるジーンと走り去る男の影が見えたそうだ。他にも複数、同時刻に叫び声を聞いた者がいる」

「俺は、東地区にいたよ！」

メライが叫びました。

「夜中の三時前まで《ろくでなし酒場》で飲んで、追い出されたんだ」

「《ろくでなし酒場》の主人から裏づけが取れておる。正確には、貴様が店を出たのは二時四十分のことだ」紙を見たまま刑吏が言います。

「だが東地区の店から西地区のデック広場までは、酔っ払いの足で歩いても、十五分とかからない。三時にジーンを殺害するのは可能だ。むしろ、ぴったりだ」

「違う！　水を飲もうと東地区の中央広場の井戸へ行った。そこには大勢の人だかりができていて、井戸は使えなかった。近くで火事があって、みんなで消火活動をしていたから」

「それも事実だが、酒場から西地区へ行く間にその騒ぎは見ることができたはずだ。犯行を否定する証明にはならん」

「刑吏さん、少し黙って。メライさんの話を聞かせてくれない？」

刑吏は不満そうでしたが、うなずきました。

「水を飲むのをあきらめようかと思ったそのとき、俺は、絶望ベンチの脇にポンプがあることを思い出したんだ」

「絶望ベンチ？　それは、何？」

赤ずきんの質問に答えたのは、興味本位でついてきたシュナーヒェンでした。

「東地区の廃墟にあるベンチよ。その廃墟、もとは貸し家だったんだけど、住人が立て続けに三人も自殺して、誰も寄りつかなくなったの」

両手で大蜘蛛を遊ばせる彼女のことを、刑吏は気味悪そうに見ています。赤ずきんは続けました。

「メライさん、そこにあなたは行ったのね？」

「そうだ。誰もいないかと思っていたが、若いカップルが座っていた。男は黒いマントを羽織って顔は見えなかった。女はとても美人で、風呂上りみたいに髪が濡れていた。『水をいいかい？』と聞いたら『ああ』と男が答えたから、ポンプで汲み上げた水を手で受けて飲んで、さっさとお暇《いとま》したんだ。そのとき、絶望ベンチの脇の時計を見たら三時を指していた。昨日は月が明るかったから間違いない。そのあとあの辺をふらふらして……気づいたら植え込みに寝ていたんだろうな」

「そのカップルを探せば、メライさんの無実は証明されるじゃない」

思ったより簡単な事件になりそうです。鼻を鳴らしながら、刑吏は紙を折りたたみます。

「その二人は、もうとっくに探した。だが、見つからなかった。夜中の三時に逢引きするカップルなどいるわけがない。出まかせにきまっておる」

がっちゃん！　キッセンじいさんが怒りに任せて、レバーを動かしました。

「今言ったことを覚えておけ、このうすのろ役人め！　メライ、お前の無実はきっと晴らしてやるからな」

なんで召し使いのドラ息子なんかにこんなに目をかけるのかしら……。と、赤ずきんはようやく気づきました。

メライの顔は、父親のトロイではなく、キッセンじいさんにそっくりなのです。

4.

「トロイさん、お訊ねしたいんだけど」

証人であるカップルを探しに東地区へ向かう道すがら、他の面々に聞こえないように配慮しながら、赤ずきんはトロイに話しかけました。

「メライさんは本当にあなたの息子さん？　キッセンさんの息子ということはないかしら？」

「まさか！」

トロイは驚いて否定しました。

「メライは二十年前、私と妻の間に生まれた息子です。妻はその五年後、肺を患い、死にました。そもそも、宰相とメライでは年が離れすぎてございます」

メライが生まれた二十年前といえば、キッセンじいさんは六十二歳。子供を作るのが無理ではないにしろ、不自然ではあります。

「でも、メライさんとキッセンさんの顔、似ているわ」

「他人の空似ということもございましょう。赤ずきんさま、そのことは、今回の事件に関係ございますか？」

真面目《まじめ》な人に真面目な口調で言われると、何も言えません。

「ごめんなさい」

赤ずきんはそれきり、その話は口にしませんでした。

十五分ほど歩いて東地区へ着くと、ちょっとした騒ぎになっていました。たくさんの野次馬たちが火事で燃えた家の前に集まっています。

「あれは、スムスの家じゃないか」

がちゃこんぎぎ、がちゃこんぎぎと車椅子の速度を上げながらその家に近づいていくキッセンじいさん。その先に、煤《すす》にまみれたスムスの姿がありました。おかっぱ頭はぼさぼさで、焼け跡から、鍛冶に使う道具や、途中まで作ったらしい金属の板などを引き出しているところでした。

「おい、スムス」

「はっ！　す、すみません、宰相」

スムスはこちらに気づくと、キッセンじいさんのもとへやってきて跪《ひざまず》き、面目なさそうに自分の頰を叩きました。

「昨日、城に寄って甲冑をお借りし、家に戻った後で、少しだけ作業をやろうと窯に火を入れたんです」

最近、近隣の国がグーテンシュラーフ王国を狙っているという噂があるそうです。キッセンじいさんは有事に備え、鍛冶屋のスムスに甲冑を複製しておくよう頼んでいたのです。その甲冑はグーテンシュラーフ城一階の「謁見《えっけん》の間」にあり、昨日の晩餐会のあとで、スムスが預かって持ち帰るという手はずになっていました。スムスが荷車を引いて屋敷へ行ったことや、お城の鍵について話していた理由が、赤ずきんにはようやくわかりました。

「ところが、昨晩は酒が入っておりました。ついうとうとしてしまって、なんだか熱いと思ったらもう、あたりは火の海でした」

「なんという不始末だ……」

「やいスムス！」

野次馬の中から、禿《は》げ頭の男が叫びました。

「お前、なんだって昨晩、俺たちが消火してやろうとしたのを断ったんだ？」

「そうよそうよ。あたし、ありったけの桶や鍋に、水を汲んできてやったじゃないのさ」

太った女性も加勢します。あちこちから、スムスに対する罵声が飛び、もう収拾がつかなくなりそうでした。

「うるさぁーいっ！」

キンキンとしたシュナーヒェンの声が、空気を切り裂きます。野次馬たちが静まったのを見て、彼女はスムスの顔を睨みつけました。

「どういうことなの、スムス？　なぜ、みんなの協力を断ったの？」

スムスは言いにくそうに口をもごもごさせていましたが、

「……俺が起こした火事だから、俺が消さなきゃと思ったのさ。こう見えても責任感が強いんだ」

「ふざけるんじゃないよ、うちには小さな子供が五人もいるんだよ！　燃え移ったらどうするつもりだったのさ！」

さっきの太った女性が怒鳴り、靴を投げつけました。それを皮切りに、あちこちから、レンガの破片やら、木の枝やらが飛んできます。野次馬たちはふたたび、興奮していました。

「やれやれ、この国には騒ぐのが好きな人たちがたくさんいるんだね」

今度はどこからか、鼻につくような声が聞こえてきました。一同は一斉に、そちらを振り返ります。

「ぼくはあいにく、恋の喧騒以外は苦手なんだ」

くるりくるりとターンしながら、やけに顔の整った、茶色い髪の男性が現れました。白いシャツの胸をはだけ、左胸のポケットに赤いバラを差し、小脇に何やら丸い金属の円盤とロープを抱えています。緑の吊りズボンに、見たこともないくらいピカピカに光る白い靴、腰につけられたベルトには、金づちやノコギリなどの道具が収まったポケットが取り付けられていました。

「ナップ！」

スムスが叫びます。赤ずきんは思い出しました。グリジェと付き合っているという、イタリアから来た伊達男《だておとこ》です。

「スムスさん、持ってきましたよ、待っててください」

ナップは円盤を抱えたまま、焼け跡の近くに立っている大きな街路樹にひょいひょいと軽い身のこなしで登りました。そして焦げていない太い枝の一つに、短い鎖で円盤をぶら下げると、その側面にロープを通し、両端を地上へ垂らします。

「これは、滑車《かっしゃ》です。その片方を燃え落ちた柱に結び付けるんです。キューピッドが、羊飼いの青年と乳しぼりの娘を、運命の糸で結び付けるようにね」

いちいち、くせのある言い方をする男です。苦手だわ、と赤ずきんは思いました。

スムスは滑車から地上に垂れ下がった一本のロープの端を手にして、焼け跡に入っていくと、ひときわ太い、燃えカスの柱に括《くく》り付けました。城から持ってきたらしき甲冑が、その下敷きになっているのです。

「さあ、もう一方の端をみんなで引っ張ろう。さあ、ぼやぼやしないで。今こそ愛の力を結集させる時。総員、ロープを握るんだ」

伊達男は枝の上から、赤ずきんたちをあおります。車椅子のキッセンじいさんは別として、赤ずきんにシュナーヒェン、トロイ、そして野次馬たちはなんとなく言われるまま、ロープを取りました。

「ぼくの掛け声に合わせて引っ張るんだよ。それ、アモーレ！　アモーレ！」

胸ポケットから抜き取った赤いバラを振り振り、ナップは音頭をとります。馬鹿馬鹿しい掛け声だわと思いながらも、赤ずきんも一生懸命引っ張りました。

「定滑車というのは、両端から垂直方向にロープが垂れ下がっている場合は単純にロープにかかる力は双方同じで釣り合うけれど、ロープが斜めになってしまったら少し大きな力が必要だ。だからみんな、少し重いと思うけど頑張ってね」

ナップは長々と滑車の説明をすると、さらに、アモーレ、アモーレと掛け声をかけました。やがて、太い柱が持ち上がり、スムスがその下から甲冑を引っ張り出しました。

「もう大丈夫だ！」

スムスの声と共に、一同はロープから手を離します。ずしーんと、太い柱はふたたび焼け跡に落ちました。

「宰相、見てのとおり、甲冑は無事です」

「ふむ、それはいいのだが」

と、キッセンじいさんはスムスの顔を見て訊きました。

「昨晩、この火事は何時ごろに起きたのか？」

「二時半すぎ、だったかと」

「たしか、絶望ベンチがあるのは、この近くだな」

「ええ。あっちに三分も歩けば」

火事ですっかり忘れていましたが、そもそも東地区へやってきたのは、メライの無実を証明する証人を探すためでした。スムスの家と、絶望ベンチがある廃墟とは、三十メートルと離れていないということでした。

「誰かこの中で、昨晩、廃墟に行った人はいないかしら？　絶望ベンチに男と女のカップルがいたはずなんだけど」

赤ずきんは野次馬たちに向かって訊ねました。

「あんなところ、誰が好き好んで行くもんかね。亡霊が出るっていう噂なのに」

「そうだそうだ。それに、近所で火事が起きてるっていうのに、そのすぐそばで逢引きなんて、不謹慎だろう、どう考えても」

「そうよね……」

トロイが心配そうに赤ずきんを見ています。赤ずきんはふたたび、野次馬たちに訊ねました。

「火事が起きたとき、このあたりの住民はみんなここへやってきたの？」

「うん？　そりゃ、全員じゃないよ。騒ぎに気づかないで寝ていたやつもいるはずさ」

「うちの旦那だってそうだよ。ぐーすかぐーすか、いびきをかいてさ」

「そういや、あいつも来ていなかったな。今もいない」

赤ら顔の野次馬の一人が、きょろきょろしました。

「あいつ、というのは？」

彼は、へん、と笑って答えました。

「スムスの弟、変人彫刻家のブルクシさ」

＊

ブルクシの家は、スムスの家のすぐ裏にありました。玄関の戸を叩くと、あくびをしながらブルクシは出てきました。昨晩とは違う縦縞模様のよれよれの服で、自慢の口ひげも整えられていません。

「ふわぁ、こりゃ宰相、それにみんな。どうしたんですか、お揃いで？」

「メライが殺人の容疑で捕まったんじゃ」

キッセンじいさんが事のいきさつを告げました。

「――それで、その目撃者たるカップルを探しているのだが、ブルクシ、お前、心当たりはないか？」

ブルクシは目をこすりこすり聞いていましたが「いやあ、ありませんね」と答えました。キッセンじいさんは疑わしそうにその顔を見つめ、

「ちょっと、中に入れてくれんか？」と頼みました。

「ああ、いや、まあ、もちろん、いいですけど」

宰相の頼みには嫌とは言えないようでした。

広い家です。壁は取り払われていて、一つの大きい部屋しかありません。入って右側の壁に、食卓も兼ねているらしい調理台と、薄い布団と粗末な枕の載ったベッドがあります。その他はすべて、彫刻制作のためのスペースでした。作りかけの裸像が四体あり、壁際に黒い液体で満たされた大きな浴槽があります。まさかお風呂として使っているわけではないでしょうが、この液体は何でしょう？

「ブルクシさん、昨晩、お屋敷から帰ってからすぐに眠ったの？」

「んー……そうだよ」

赤ずきんの質問に、伸びをしながらブルクシは答えました。

「ベッドに倒れて、そのまま、今、みんながやってくるまで、ぐっすりね」

「ということは、スムスさんの家が燃えてしまったことも知らないの？」

「ほへっ？」

間の抜けた声と共にブルクシは奥の勝手口へ飛んでいき、扉を開きます。

「わちゃ、本当だ。うちの通用口の木戸まで焦げちまってる」

赤ずきんも勝手口から外を見ました。

小さい裏庭に、十体ほどの裸の女の彫刻が並んでいて、その合間を縫って石の道があり、低い垣根に設けられた焦げた木戸があります。焼け落ちたスムスの家が、無残でした。

「すぐ裏の、しかも実の兄の家が燃えてるっていうのに、ずいぶんとのんきなことね」

シュナーヒェンが言いながら、調理台の上にあった茶色の塊をぐりぐりといじりました。

「最近、すっかり酒に弱くなっちまったんだ。おい、触らないでくれ」

「何なの、これ？」

「粘土だよ。石膏の型取りに使うんだ」

赤ずきんはふと、足元に目を落としました。何か黒い塊が転がっています。しゃがんで拾うと、木炭のかけらでした。指についた汚れから、つい最近燃えたもののように思えます。

よく見ると、床には灰や煤が認められました。

おかしいわ……。

「なんじゃ。おい、ベッドかと思ったら、棺桶じゃないか」

今度はキッセンじいさんが、ベッドのシーツをめくりあげていました。黒塗りの棺桶が見えました。

「よくこんな固いものの上で眠れるのう」

「知り合いの葬儀屋からもらったんですよ。物入れにもちょうどいいんです。宰相、勝手にめくらないでもらえますか？」

「ねえ、この浴槽の中の黒い液体は何なの」

また、シュナーヒェンです。

「まさかこれもあなたの芸術的作品？」

「石材を研磨する特別な液体だ。もうみんな、次から次へと触らないでくれ」

「ちょっとくらいいいじゃないの……あっ！」

ぽちゃん、と何かが水に落ちる音がしました。

「まあ！　大変だわ！　助けて助けて！」

「何を、やってるんだ！」

「私の可愛い蜘蛛ちゃんが落ちてしまったのよ。わああ、どうしましょうどうしましょう」

取り乱して黒いしぶきをぴちゃぴちゃ立てているシュナーヒェンの横からひしゃくが伸び、コン、と何やら固いものどうしが当たる音が聞こえたかと思うと、蜘蛛をすくい上げました。

「お気をつけくださいませ」

召し使いのトロイでした。

「まあ、ありがとう。ごめんなさいね、蜘蛛ちゃん」

「いい加減にしてくれっ！」

ブルクシの怒号が響きます。

「勝手にうちの中を引っ掻《か》き回さないでくれ。……とにかく俺は、何も知らない。スムス兄さんが窯に火を入れたまま眠ってしまったことなんて、今までなかったんだから」

問い詰めるなら今だわ。赤ずきんは思いました。

「ねえブルクシさん。どうしてあなたは、スムスさんが窯に火を入れたまま眠ったことを知っているの？」

「えっ」

ブルクシは一瞬怯《ひる》んだ様子を見せました。しかしすぐに、ふふ、と笑いました。

「兄さんは鍛冶屋だぜ？　鍛冶屋の家が燃えたなら、誰だって窯の火の不始末だって思うだろ？」

「ここに木炭のかけらが落ちてたの。そればかりじゃなくてこの床、灰だらけよ。見たところ、台所でそんな火を使った形跡もないし、昨晩の火事の灰であることは間違いなさそうだわ」

「どういうことじゃ、赤ずきん？」

キッセンじいさんが問いました。

「スムスさんの家が火事になっているあいだ、しばらくこの勝手口の扉は開いていたんじゃないかしら」

「そんなことはない」ブルクシは即座に否定します。「さっきも言ったが、帰ってきてすぐに倒れこむように寝てしまったんだ」

「でも、昨晩と服が違うわね」

「えっ？　それは、その……」

「まるで、煤のついた服を着替えたみたいよ」

「………」

「ブルクシ！」

キッセンじいさんの怒号に、ブルクシはびくりとなりました。四人の目がじっと、ブルクシに注がれています。ヘビの大群に囲まれたネズミのように、ブルクシは怯《おび》えた目で四人の顔をかわるがわる見つめました。その額には脂汗が浮かんでいます。

やがてブルクシは小さな声で、

「は……、白状します……」

と言いました。

「昨晩、私はたしかに、宰相のお屋敷から帰ってすぐに眠りました。ところが、夜中、兄さんの『助けてくれ！』という声で起きたのです」

回想しながらブルクシは、勝手口のほうを向きました。

「扉を開けると兄さんが立っていて、背後で家が燃えていました。『火を入れたまま寝ちまった』……そう告げたあとで、兄さんはこう言ったんです。『家の前に、火事に気づいた大勢の人たちが押し寄せている。だが今、消火のために家の中に入られると、見つかってしまう』」

「見つかってしまうって、何が？」

「……王家の鎧《よろい》です」

「なんだと！」

キッセンじいさんが、車椅子から転げ落ちそうになりました。

王家の鎧――それは、無数の宝石で装飾された、先代の王の鎧だそうです。この国の国宝に指定されており、グーテンシュラーフ城の外へ持ち出すのは、固く禁じられているのです。

「兄さんは昨日、甲冑を取りに謁見の間へ入ったとき、玉座にあったその鎧のあまりの美しさに見ほれ、つい荷車に乗せて持ち帰ってしまったそうなんです。『俺が表で住民たちを止めるから、そのあいだにお前の家に鎧を移して隠してくれ』。兄さんはそう言って、俺の返事も聞かずに走っていきました。俺は、燃え盛る兄さんの家の中に飛び込みました。王家の鎧はすぐに見つかりました。重いものなので、全身分を運び出すのに、三往復かかりましたが、なんとか……」

「今は、どこにあるんじゃ？」

「ここでございますね」

ブルクシより先に答えたのは、浴槽の傍に立つトロイでした。

「先ほど、ひしゃくに、コツリと固い感触がございました」

腕まくりをして、両手を黒い水の中に入れます。やがて、トロイの手によって、宝石が飾り付けられた、それはそれは美しい鎧の胴体部分が引き上げられました。ブルクシはそれを見て、今にも泣き出さんばかりの表情でした。

## 5.

グーテンシュラーフ城へ続く、森の中の道。小鳥の声は美しく、木洩れ日も気持ちいいのですが、一行のあいだには、楽しみにしていたケーキを焦がしてしまったような気まずい空気が流れていました。

「まったく、とんだ兄弟がいたものだ！」

がちゃこんぎぎ、がちゃこんぎぎと車椅子を動かしながら先頭を進むキッセンじいさんは、まだ怒りが鎮まらないようでした。その車椅子についていく、スムスとブルクシの手には、王家の鎧があります。兜と上半身部分はスムスによって、下半身部分はブルクシによって運ばれているのでした。

「本当はこんなことしている場合じゃないのにねえ。例のカップル、まだ見つかってないじゃないの」

シュナーヒェンがトロイに言いました。

「しかし、王家の鎧は国宝でございます。一刻も早く城に戻す必要があります」

「真面目ねえ。こんなに大勢でぞろぞろ行く必要はないじゃない。だいたい、あなたはカップルを探すほうに回ってもよかったんじゃないの？」

と、赤ずきんのほうを振り向いて訊きました。

「でも、こっちに手がかりがあるかもしれないし、カップルは町の人が見つけてくれるはずよ」

東地区をあとにするとき、メライと三時ごろに会ったカップルを総出で探しておくようにと、キッセンじいさんが宰相の名において直々に命令を出してきたのです。それに、赤ずきんはどうしてもお城の中が見たいのでした。

目の前に、グーテンシュラーフ城の荘厳な鉄の扉が見えてきました。その扉の前で車椅子を停めると、キッセンじいさんはさっきスムスから取り上げたお城の鍵を取り出しました。

「宰相、鍵は私が」

驚くほど速く鎧を足元に置いて、ブルクシが手を出しました。大事な鎧を地面に置くなんて
……と、赤ずきんが訝しく思っている前で、ブルクシはキッセンじいさんから受け取った鍵を鍵

穴に差し込んで回しました。がちゃり、と鍵の外れる音がしました。

ブルクシはポケットに鍵を入れ、扉を開くと、鎧を抱えて先頭で入っていきます。

おや――？　そんなブルクシの姿を見ながら、赤ずきんの頭の中には一つ、不穏な仮説が浮かんできました。

中は暗く、トロイがマッチを取り出し、壁のあちこちに取り付けてある燭台のろうそくに火をつけていきます。廊下は石造りで、正面に大きな扉、左右に小さな扉が一つずつありました。トロイは正面の扉を開きます。

謁見の間でした。赤い絨毯《じゅうたん》が玉座まで続き、その両脇に、スムスの家の焼け跡にあったのと同じ形の甲冑がずらりと並んでいます。

「ほら、早く戻してくるんだ」

キッセンじいさんにせっつかれ、スムスとブルクシは小走りで玉座に向かいます。二人は宝石だらけのその鎧を、玉座に座らせる形にしました。

「よいな。今回だけは許すが、二度とあの鎧を城外に持ち出すんじゃないぞ」

「申し訳ありませんでした。心に命じておきます」

スムスはこれでもかというくらいに深く頭を下げました。

「それでは、証人探しに戻るか」

「待って」

すかさず赤ずきんは言いました。

「その前に、せっかくこのお城に来たんですもの。オーロラ姫の寝姿を一目見たいわ」

急な申し出に、一同の間に戸惑いの空気が流れるのがわかりました。しかし、一人だけこれに賛同した者がいました。

「そうですね」ブルクシでした。「今日はちょうど、オーロラ姫がご無事かどうか、うかがう日ではなかったですか」

「そうだったな……。まあ、ついでだ。東の塔の鍵はここにある。皆で行ってくればよい」

キッセンじいさんは首の後ろに手を回し、ネックレスを外しました。小さな鍵が付いています。

ブルクシがこれを受け取り、謁見の間を出て行きます。東の塔へは左側の扉から入るようです。

ブルクシは施錠を解き、赤ずきん、トロイ、シュナーヒェンが続きました。すっかり元気のないスムスと車椅子のキッセンじいさんは下で待っていると言いました。

らせん状の階段を登り、最上階の部屋にたどり着くと、ブルクシはさっきの鍵をポケットから取り出し施錠を解きました。塔へ入る鍵と、この部屋へ入る鍵は同じもののようです。

扉を開き、まず目に飛び込んできたのは、部屋の中央にある黄金の糸車です。

昨日、シュナーヒェンの歌で聞いていたものですが、実際に見てみると、赤ずきんが想像していたよりもずっと豪華で、頑丈そうでした。

部屋の中には他に、壁際に木でできた白い手すり付きの椅子が二脚、そのそばに可愛らしいベッドが。レースの天蓋のもと、心地の良さそうな絹の布団があり……

「えっ？」

トロイが、飛び上がらんばかりに驚きました。

「こ、これは、ど、どうしたことでございましょう？」

ベッドには誰も寝ていないのです。トロイが布団をめくりますが、シーツにはしわ一つなく、誰かがここで寝ていた跡がない……というより、ついさっきシーツが敷きなおされたかのようにきれいなのでした。

「オーロラ姫様！　オーロラ姫様！」

「もーう、今日は次から次へと、いろんなことが起こるわね！」

ブルクシとシュナーヒェンは癇癪《かんしゃく》でも起こしそうな雰囲気ですが、赤ずきんは冷静でした。

まず、オーロラ姫のベッドを調べていきます。

枕にあしらわれた金の糸の刺繍。ほつれがあり、かつ、その糸には見覚えがありました。

次に、入ってきた扉を除けば唯一の出入り口である窓へ近づきます。

腰ぐらいの高さに合う、人ひとりが通り抜けるには十分な大きさの木の鎧戸。城の古さに比べ、だいぶ新しい木材でできており、蝶番もさびていません。鍵はかかっておらず、押すと簡単に開きました。落ちないように気をつけながら顔を出し、下を覗きます。

地面まで、四十メートルくらいはあります。普通の人間は上り下りできそうにありませんが、外壁の石材の間に指や足をかけやすそうな溝もありますので、慣れている人間ならわけないでしょう。

続けて、赤ずきんは上を見ました。かつては照明器具でも吊り下げてあったのでしょうか、窓のすぐ上の壁から、鉄の棒が一本突き出ていました。

部屋の中を振り返ります。赤ずきんの行動を見守るブルクシとシュナーヒェン、トロイの前を横切り、黄金の糸車へ近づきました。つむに気をつけながら手に取って調べますと、手回しの車の部分が簡単に外れそうなことがわかりました。車の、側面の部分にはへこみがあります。まるで、ついさっき火事場で見た、あの円盤のようです。

「完璧な舞台。何から何まで揃《そろ》っているわ」

糸車を覗き込んでいたシュナーヒェンはきょとんとしていましたが、やがて訊きました。

「まさか、オーロラ姫がどこにいるか、わかるっていうの？」

「ええ」

何のためらいもなく答える赤ずきんに、三人の顔には驚きが浮かびました。でも、赤ずきんが本当に三人を驚かせたのは、次の言葉でした。

「姫だけじゃなく、夜中にメライさんが会った、カップルの居場所もね」

部屋を出て、階段を下ります。

「ちょっと！　どういうことよ？」

三人は慌ててついてきます。

何も答えないまま下に着き、赤ずきんはスムスの前に立ちました。

「スムスさん。昨日の晩餐会が終わった後、キッセンさんのお屋敷からこのお城まで、荷車を引いてきたのよね」

「あ、ああ、そう言ったろ」スムスは怪訝《けげん》な顔で答えます。

「それは、どこに停めたの？　お城の中じゃないでしょう？」

「まさか。車輪が泥だらけだ。自分の家じゃあるまいし、お城の中になど畏《おそ》れ多くて乗り入れられるものか。こっちだよ」

スムスが城を出て赤ずきんを連れていったのは、東の塔のふもとでした。たしかに土に車輪の跡が残っていました。そこに立って見上げると、頭上にさっきの窓と、突き出た鉄の棒が見えました。——やっぱり、と思わず笑みが零《こぼ》れました。

がちゃこんぎぎ、がちゃこんぎぎ、と車椅子の音がします。

「赤ずきん、説明してくれないか？」

そう言うキッセンじいさんの背後には、シュナーヒェンとトロイ、ブルクシもいました。赤ずきんは一同の顔を見回し、

「この国にはずいぶんと秘密を持つ人が多いわ。その秘密たちがつながってこんがらがって、おかしな謎になったのよ。でもご心配なく。眠れる森の秘密は、すべて解けました」

と告げました。

「お願いがあるの。ブルクシさんとトロイさん、グリジェさんと、大工のナップさんを、ここへ連れてきてくれないかしら」

「あ？　俺とトロイが？」

「かしこまりました」

「それからスムスさん、私と一緒に東の塔のてっぺんの部屋へ来てくれない？」

6.

城の扉の前で待ち構えている一同のもとに、ブルクシとトロイによってグリジェとナップが連

れてこられたのは二十分ほど後のことでした。待っているのは赤ずきんの他にキッセンじいさんとシュナーヒェン。――スムスの姿はありません。

「やあ、みなさん。ごきげんよう。オーロラ姫がいなくなってしまったそうですね」

ナップがひらりと手を上げます。その横でグリジェはうつむいています。

赤ずきんはそんな二人を迎え入れると、おどけて言いました。

「ご紹介するわ。秘密を抱える一組目の主人公たちよ」

ナップは「どういう意味かな？」と両手を広げました。

「ナップさん、グリジェさん、オーロラ姫の失踪について、知っていることは？」

「さあ、たとえ眠っていても、美しい姫ならお誘いはたくさんあるんじゃないのかな」

さすが伊達男は取り繕《つくろ》うのがうまく、顔色一つ変えずに言ってのけましたが、グリジェのほうはそわそわしています。

「さっき、東の塔のてっぺんの部屋で、これを見つけたのよ」

赤ずきんが差し出したのは、赤いバラの花びらでした。東の塔のてっぺんの部屋で見つけたというのは嘘で、実は森の中で見つけた別のバラのものでしたが、伊達男ナップの顔色が変わったのを赤ずきんは見逃しません。

「ナップさん、あなたは、グリジェに『君のためにとても素敵なベッドを用意した』と言ったのね。グリジェはそれをあなたが作ってくれるものだと思っていたみたいだけど、実際は違う。東の塔のてっぺんの部屋の、オーロラ姫のベッドのことを言っていたのよ」

ははは、とナップの乾いた笑いが返ってきます。

「お姫様をどかしてそのベッドで楽しもうっていうのかい？　素敵なアイデアだけれど、お城の出入り口には鍵はかかっていないのかな？」

「お城にも、お城の中にある東の塔への扉にも鍵はかかっていたわ。でも、大工のあなたにはそんなものは必要ないでしょう。壁を上っていけばいいんですもの」

　赤ずきんはそう言うと、東の塔の真下へ一同を案内し、四十メートルほど上のオーロラ姫の部屋の窓を指さしました。

「石の外壁には足場になる溝があるから、あなたならあそこへ上っていける。きっとあなたはこの国に来てすぐにオーロラ姫の伝説に興味を抱き、人目につかない時間を狙ってここを上り、部屋に侵入したのでしょう？　あの部屋の窓、もう何十年も開閉されていないにしてはずいぶん新しい感じがしたわ。侵入したときに一度壊して、そのあとに、あなたが別のものを取り付けたのよ」

「何か、証拠でも？」

「さっきあの部屋の鎧戸を、スムスさんに見せたの。あの蝶番は、スムスさんが作ってあなたにあげたものに間違いないと、証言したわ」

　さっき赤ずきんが彼を塔のてっぺんの部屋に連れていったのは、これを確認してもらうためだったのです。

　ナップは余裕の笑みを崩しませんでしたが、言い逃れもしないようでした。赤ずきんは続けました。

「オーロラ姫の眠る美しいベッドを見て、女性を連れこむことをすぐに思いついたあなたは、やがてグリジェに恋をした。二人は昨晩、あの部屋でベッドタイムを楽しんだのでしょう。今朝、グリジェの髪に、オーロラ姫の枕からほつれた金色の糸が付いていたわ」

はっとした顔でグリジェは髪の毛を触りますが、ナップは高笑いをしました。

「ぼくがグリジェに恋をしたのは認める。鎧戸の蝶番もまあ、認めるとしよう。でもね、ぼく一人ならあそこまで壁を上っていけるけど、彼女はどうするというんだい？　まさか、女の子に壁を上らせるなんてことできないし、さすがの僕にも、彼女を背負っては上れないよ」

「あなたは、グリジェさんを塔のてっぺんの部屋に招き入れるための方法を考えたのよ。実に大工らしい仕掛けをね」

赤ずきんは窓を見上げ、「スムスさん、いいわ！」と声をかけました。窓が開き、スムスが顔を出します。黄金に光る丸いものを持っていました。

「あれは、伝説の糸車……？」

キッセンじいさんが反応します。スムスは糸車から外したその手回し部分の中央の穴を、壁から突き出ている鉄棒に通しました。そして一度顔を引っ込めると、今度はロープを持ってきて、手回し部分の側面の溝にひっかけます。ロープの両端には部屋にあった白い手すり付きの椅子がひとつずつ括り付けられていて、それを二つとも、スムスは窓の外へ下ろしました。

片方の椅子には、石が載せられました。

「糸車を利用した滑車よ。先に部屋に入ってこの仕掛けを作り上げたあなたは、片方の椅子にあやって、重りを載せたの。その腰にぶら下がっている、金づちやのこぎりで十分だわ」

説明する赤ずきんの前に、石の載ったほうの椅子がするすると下がってきます。当然、もう一方の椅子は上がり、窓の近くで止まりました。

「下で待っていたグリジェさんは重りを降ろし、代わりに自分が座る。上でそれを確認したナップさんは、もう一方の椅子にグリジェさんと同じくらいのものを載せる。そうして、グリジェさんの乗った椅子を引き上げたのよ。もう一方に載せられたものの重みが手伝って、楽に引き上げられたはずだわ」

「ちょっと待ちなさい」

シュナーヒェンが口を挟みました。

「あの部屋にはグリジェと同じくらいの重さのものなんてないわよ。糸車の残り部分なんてたかが知れているし、あとはベッドぐらいしか。でも、ベッドを落としたら当初の目的を果たせない」

「もう一つあるわ」赤ずきんは人差し指を立てました。

「十六歳のグリジェさんと同じ重さの物体。それは――、同じ年齢の女の子よ」

「……まさか！」

シュナーヒェンだけでなく、キッセンじいさんも青ざめました。赤ずきんはうなずきます。

「ナップさんは、グリジェさんを引き上げるための重りとして、オーロラ姫をもう一方の椅子に座らせたの」

塔の上ではスムスが、空の椅子にさっきより少し大きい石を載せました。地上の椅子はするすると上がり、塔の窓の位置で止まりました。

それを確認すると赤ずきんは、「スムスさん、もういいわ、下りてきて」と叫びました。

「オーロラ姫は百年間、何があっても目が覚めない。これは、この国の常識よね。そして、たしか八人目の魔女に『獣の災いから守られる体』を授かっている。夜通し森の中に放置してもその恩恵で危険から守られると、考えたのでしょう」

「申し訳、ありませんでした！」

　グリジェが泣き崩れました。

「私、どうしてもナップさんの誘いに応じたかった。あんなに優しくされたのは初めてだったし、私のために、素敵なベッドを用意していると言われて、つい」

　その気持ちはわからないでもないわ、と赤ずきんは心の中で言います。

「それはもういい」

　キッセンじいさんがなだめました。

「オーロラ姫はいったい、どこにいったんじゃ？」

「わからないんです」

「わからない、だと？」

「はい。朝になって窓から下を見たら、オーロラ姫の姿がありませんでした。私たちは姫を探すため、急いで塔から下りました」

　まず、ナップだけが先に壁づたいに降りていき、森の中からグリジェの体重と同じくらいの重さになるように石をかき集め、オーロラ姫が座っていた椅子に載せる。そうしておいてナップは再び塔に上り、上がっているほうの椅子にグリジェを座らせる。夜中にグリジェを引き上げたのと同じように、グリジェの重みを借りて石の載っているほうの椅子を引き上げれば、代わりにグリジェはゆっくりと下りていける。地上にグリジェが降りた時点でナップは重りの石は下に落とし、椅子とロープと糸車を回収して降りてくる。――こうして証拠を残すことなく、二人は塔から下りてこられたということでした。

「姫は何かの間違いで目が覚めてしまい、森の中をさまよっているんじゃないか……そう、思ったのですが、結局、見つからず、日はどんどん昇って、お屋敷で朝ごはんを出す時間が迫ってまいりました。私たちは、すべてを黙っていることを誓い合い、別れました」

自分のつま先を見つめ、涙を零しながらグリジェは言います。キッセンじいさんは苦々しい顔でグリジェを見ていましたが、

「しかし、オーロラ姫はどこへ行ったんじゃ？」

と、さっきと同じようなことを口にするだけです。

そのとき、城の扉のほうから、塔から下りたスムスがやってきました。

「さあみなさん、第二の秘密を抱えた主人公だわ」

赤ずきんが言うと、一同の注意はグリジェから彼のほうへ移りました。

「スムスさん、昨晩あなたは、荷車をここに停めたんだったわね」

「ああ、そうさ。壁のほうに荷車の荷台がくっつくようにして」

「何時ごろかしら？」

「屋敷を出たのが、十一時十分くらいじゃなかったか。だからだいたい十一時三十分くらいだろう」

「グリジェさん、あなたとナップさんが待ち合わせをしたのは、何時のことかしら？」

「十一時二十分よ。その時間にここで待ち合わせをしたの。先にナップさんが上って、椅子が下りてきたのは、十一時三十分くらいかしら。……あれ」

言いながら、グリジェも気づいたようでした。

「そう。スムスさんがここに荷車を停めたのは、ちょうど、ナップさんが一生懸命あなたを引き上げている真っ最中だったのよ」

スムスと二人は顔を見合わせて驚いていました。グリジェは昨晩、スムスが甲冑の話をはじめる前に部屋へ戻ってしまったので、夜中にスムスが城へ来ることを知らなかったのでしょう。また、いくら月明りがあるからと言っても、ここは城の陰になって真っ暗です。ナップ・グリジェのカップルとスムスは、お互いがいることに気づかなかったのでした。

「オーロラ姫を乗せた椅子は、スムスさんも気づかないうちに荷車の荷台に載り、何かの拍子でオーロラ姫は椅子から荷台の上に転げ落ちたんじゃないかしら」

聞いている一同の頭の中にも、赤ずきんのイメージする光景が広がっているようでした。

「スムスさんはその後、鍵を開けて謁見の間から甲冑と王家の鎧を持ってきたのよね。二つを、荷車のどこに置いたの？」

「持ち手に近いほうさ」

「荷車の後ろのほうは見た？」

「見ないよ。鎧を盗んだことを、誰かに見つからないよう早く立ち去ろうと考えていたから、すぐに持ち手のほうから荷台の後ろのほうに向けて、目隠しのシーツをかけたんだ」

ロープが結び付けられた椅子はその場に残り、荷台のシーツの下にオーロラ姫を載せたまま、スムスは荷車を引いて帰ったのです。

「家に帰った後、荷台は見なかったのでございますか？」

トロイの質問に、スムスは呆《ほう》けたような顔で昨晩のことを回想していました。

「シーツは前部分だけめくって、甲冑を下ろした。……後ろのシーツは、かけたままだった。……嘘だろ。まさか……あのシーツの下に、オーロラ姫がいたなんて！」

あれだけガラクタの載っている荷台です。普段からスムスには、整理する習慣などなかったのでしょう。

「スムスさん、あなたはその後、窯に火を入れたまま、うたたねをしてしまったのよね」

「そうだ。二時半すぎに、火事に気づいた町の人が戸を叩く音で目が覚めるまではな」

「あたりが火の海になっていたと思うんだけど、荷車は燃えていたの？」

「ぼうぼう燃えていたさ。このままじゃ、鎧が危ないとも思った」

「でも、集まった人々に消火を頼んで、鎧を見られるのはもっとまずい。あなたは勝手口から出て弟さんを起こし、鎧を移動させるよう頼んで表へ出ていき、消火を断って時間稼ぎをした」

「ああ……」

スムスは膝をつき、頭を抱えました。

「オーロラ姫は火事で燃えてしまったのか。俺のせいで……」

「違うわ」

赤ずきんは否定します。

「オーロラ姫は七人目の魔女から『火による災いから一生守られる体』を授かっているのよ」

「おお、そのはずじゃ」

キッセンじいさんが手をぽんと叩きました。

「服は燃えてしまうかもしれんが、たとえ地獄のような業火の中でも、姫の体にはやけど一つないはずじゃ」

「しかし……焼け跡からも、オーロラ姫は見つからなかった。なあ、ナップ」

「そうだね」

気取ったナップの答えに、スムスは再び、落ち込みました。赤ずきんは一同を見回し、

「いよいよ三人目の秘密を抱えた主人公よ」と言い放つと、その人物のほうを向きました。

「ブルクシさん」

皆の視線が、今まで人形のように黙ったままだったブルクシに注がれます。

「住民をなだめに玄関の表にスムスさんが走った後、あなたは燃え盛るスムスさんの家に入ったわね。そこで見たんじゃないかしら。燃えつつある荷台に横たわる、オーロラ姫を」

「なんのことだか……」

とぼけながら、目をぱちぱちとさせています。

「彼女の服は半分以上燃えてしまい、魔法に守られた神々しいばかりの柔肌が見えていた。女性の裸の彫刻を作り続けているあなたにとっては、この上ないモデルね。あなたは迷うことなく、彼女を火の中から救出し、自分の家に運んだ」

「まるでおとぎ話だ。証拠がない」

「あなたはお兄さんの家から鎧を運び出すために『三往復した』って言った。そうよね」

「ああ、言ったね」

「ここへ鎧を運んできたとき、スムスさんが兜と上半身、あなたが下半身を運ぶことができた。つまり、鎧だけなら二往復で避難させられるはずなの。……オーロラ姫じゃないとしたら、もう一往復は、何を運んだというの？」

「ええと……それは……」

ブルクシは黙ったまま、口ひげをちょこちょことといじっています。

「答えんか、ブルクシ！」

キッセンじいさんが癇癪を起こしますが、ブルクシはだんまりを決め込んだのか、そばの大木に目を移し、知らんぷりです。

「いいわ。私がその先も説明してあげる。さっそくオーロラ姫の姿を彫刻にしようとしたあなたは、とりあえずオーロラ姫の体に付いた煤を洗い流そうとした。ところが、スムスさんの家にいちばん近い井戸は、火を消すために人がたくさん集まっていて使えない。そこで、人目につかない水場としてブルクシさんが思いついたのが……」

「絶望ベンチの脇のポンプかっ！」

がっちゃん！　キッセンじいさんが車いすのレバーを叩きました。

「じゃあ、メライが昨晩出会ったカップルというのは」

「ええ、ブルクシさんと、オーロラ姫よ」

一同はざわめき、ブルクシはいよいよ居心地が悪そうに、赤ずきんに背を向けます。

「ブルクシさんはオーロラ姫を彫刻のモデルにした後、こっそり東の塔のてっぺんの部屋に戻すことを考えていた。そのためには、お城の鍵と東の塔の鍵が必要だわ。その方法に悩んでいたあなたに、絶好のチャンスが訪れたのよね」

兄が持ち出してしまった王家の鎧を城に返すという――。

城の扉を開ける鍵をキッセンじいさんが取り出したとき、ブルクシは率先してその鍵を受け取っていたのです。

「さらに、私がオーロラ姫に会いたいと言ったとき、真っ先に賛同したのもブルクシさんだったわ。これで、東の塔に入るための鍵も手に入るもの。さっきキッセンさんから預かった二本の鍵を、あなたはすぐにポケットにしまったわね」

「鍵はすべて宰相に返したよ」

背を向けたまま、ブルクシは言います。

「ああそうじゃ。間違いない」

キッセンじいさんがその鍵を取り出して見せますが、赤ずきんはだまされません。

「ポケットの中に型取りの粘土があったらどう？　二つの鍵の型から、同じ鍵を作れるんじゃないかしら」

トロイが素早くブルクシに飛びかかり、ポケットの中をさぐります。やがて、鍵の型のついた二つの茶色い粘土が出てきました。ブルクシの家にあった、石膏の型取り用の粘土に間違いありません。

「おいブルクシ、もう言い訳はできんぞ。オーロラ姫はどこにおる？」

迫るキッセンじいさんに、ブルクシは何も答えません。

やれやれ、あなたの犯罪計画は、どうしてそんなに杜撰《ずさん》なの？と思いながら、赤ずきんは言葉を継ぎました。

「ブルクシさんが、王家の鎧を運び出したと白状したときのことを思い出して。お兄さんの隠し事を引き受けたにしては、ずいぶんと素直じゃなかったかしら？　あの直前、キッセンさんがベッド代わりの棺桶に注目していたわね。王家の鎧とオーロラ姫——兄の秘密と自分の秘密を天秤にかけ、あなたはとっさに自分の秘密のほうを守ることを選択し、黒塗りの棺桶から私たちの気を逸らすためにあの白状をしたのよ」

「じゃあ、あの棺桶の中にオーロラ姫が？」

一同が固唾《かたず》をのむ中、ブルクシはゆっくりと口を開きました。

「……赤ずきんちゃん。あんた、大した女の子だよ」

＊

一同はそれから、揃ってブルクシの家へ行きました。赤ずきんの推理したとおり、シーツの下の棺桶の中にすやすやと寝息を立てるオーロラ姫がいました。

キッセンじいさんの命令で、召し使いたちがオーロラ姫を運び、再び姫はグーテンシュラーフ城の東の塔のてっぺんの部屋で残り六十年の眠りについたのです。昨夜、自分がどんな冒険をしたのかも知らずに、姫は眠っているのでした。

赤ずきんは微笑みながら、姫の顔を見ました。いったい、どんな夢を見ているのでしょう。面長だけれど美しい寝顔……。

「あれ？」

誰かに似ています。

「誰かしら……」

面長の顔。それが、誰に似ているのかがわかったとき、

「えっ――？」

赤ずきんの中にまた、ある一つの仮説が生まれました。まるで信じられないことでしたが、思い当たる事実が記憶の水の中から泡のように浮かんできて、この仮説が真実なのだとささやいているようにすら思えます。

どうやらこの国にはもう一つ、一番大事な秘密が隠されているようでした。

## 7.

豚肉のシチューにパン、ラディッシュのサラダ、洋ナシ。赤ずきんの遅い昼食は、そういったメニューでした。

一緒に楕円形のテーブルに着いているのは、キッセンじいさんとシュナーヒェンです。スムスは火事場の後片づけ、トロイは無実の息子を牢から出すため、証人であるブルクシを伴って裁判所へ行きました。グリジェは昼食を用意して以来、厨房にこもりっきり。ナップなど、どこへ行ったのかわかりません。

「どうしたんじゃ、赤ずきん、美味《うま》くなかったか？」

キッセンじいさんが訊ねてきました。

「いいえ、そんなことはないわ」

赤ずきんは答えましたが、その実、考え事をしていて、あまり味わってはいませんでした。

そのときです。食堂の扉が開き、のっそりと一人の男が顔を覗かせました。キッセンじいさんの養子であるひげもじゃ大男、ゲーネンでした。髪の毛はぼさぼさ、目は半分閉じています。

「今ごろ目を覚ましたのか、このねぼすけめ。お前の寝ているあいだに、大変なことになっていたんだ」

キッセンじいさんが食べかけのパンを、腹立ち交じりに投げつけました。ぱしっ、とゲーネンはそれをつかむと、自分の口に放り込んで、もぐもぐと咀嚼《そしゃく》しました。

「メライに疑いがかかってな、もう少しで犯人にされるところだったわい」

「え。殺したのはメライじゃなかったのか」

ゲーネンは言います。――やっぱり。赤ずきんの頭の中でいろいろつながっていきます。しかし、まだです。

「メライが人を殺すものか。この赤ずきんが、冤罪を晴らしてくれたんじゃ。本当の犯人はぐずの刑吏どもがまだ捜索中じゃ」

「ほーう」

「ゲーネン、あんたも食べる？」シュナーヒェンが問います。「あんたにとっては、朝ごはんということになるのかしら」

「いらん。寝起きの散歩にでも行ってくることにする」

ばたんと、扉は閉められました。それを見届けて、赤ずきんは口を開きました。

「キッセンさん」

「なんじゃ？」

「今すぐ家来を呼んで、ゲーネンさんを追いかけるように命じたほうがいいわ。隣の、ラッフェル公国に逃げてしまうかもしれないもの」

「何を言ってるんじゃ」

キッセンじいさんは笑いながらラディッシュを口に放り込みます。

「眠れる森の国で、一番の秘密を抱えていたのは、キッセンさん、あなただったのね」

赤ずきんは話を止めませんでした。

「ほら、シチューを食べなさい。美味いぞ」

「囚われているメライさんを初めて見たとき、私はトロイさんよりも誰かに似ていると感じたわ」

「余計なことはいいから」

「キッセンさん、あなたよ」

キッセンじいさんの手が止まりました。

「私は、『メライさんの本当の父親はキッセンさんじゃないのか』とトロイさんに訊いたわ。でも、年が離れすぎていると否定されてその考えを捨てたの。ところがさっき、ブルクシさんの家でオーロラ姫の顔を見たとき、同じような感覚に見舞われたわ。オーロラ姫はたしかにきれいなんだけど、その鼻筋と口元が、トロイさんにそっくりなんだもの」

　キッセンじいさんは、フォークの先のラディッシュから目を離しません。シュナーヒェンは、はらはらした様子で、キッセンじいさんと赤ずきんを交互に見やっています。

「私の中には、一つの仮説が組み上がった。トロイさんはお母さん似で、メライさんはおじいちゃん似なんじゃないか。――つまり、トロイさんはオーロラ姫の子どもで、メライさんはキッセンさんの孫なんじゃないか。ここで、トロイさんとメライさんが親子だというつながりを真実と考えるとこうなるわ。トロイさんはオーロラ姫とキッセンさんとのあいだの子なのよ」

「えっ！」

　シュナーヒェンが驚きの声をあげ、胸の上の蜘蛛ががさごそと動きました。

「伝説の歌では、オーロラ姫は糸車のつむで眠ってしまう前、十か月と少し、ごく親しい人以外とは誰とも顔を合わせなかった時期があったというじゃないの。それがもし、妊娠を隠すための期間だったとしたらどうかしら」

「いや、ま、まさか。あれは伝承よ」

「シュナーヒェンさんの歌を聞いているときから、私、不思議に思っていたの。『オーロラ姫の跡継ぎの男の子が生まれる前に国が乗っ取られるかもしれない』とお妃さまが言ったとき、王様は『望みはつながっている』となだめたそうだけど、あれはどういう意味かしら」

「空位のあいだ、有能な者が国を守ってくれるという望みがつながっている。それ以上の意味はないじゃろう」

　キッセンじいさんは言いましたが、もちろん赤ずきんは納得しません。

「本当にそうかしら？　あのときオーロラ姫が王子を産んでいたことを王様だけが知っていたとしたら？　望みはつながっている、は、世継ぎはすでにいる、という意味にならないかしら」

「嘘。嘘、嘘、嘘よ。ねえ、宰相、なんとか言って」

すがるようにキッセンじいさんを見るシュナーヒェンでしたが、キッセンじいさんは渋い顔をして考え込んでいました。

「……いやはや、赤ずきん、おぬしは何もかも、お見通しなんじゃな」

やがてキッセンじいさんは、あきらめたようにフォークを置きました。

「王の思《おぼ》し召しじゃった。『万が一に備え、オーロラが十六の誕生日を迎える前に、子を作るよう手配せよ。ただし、十五の娘が出産することを国民は良しとせんだろう。何より、わが妃が賛成するとは思えない。妊娠も、私とお前とオーロラだけの秘密として隠し通せ』……とな」

胸のつかえを吐き出すように語るキッセンじいさん。シュナーヒェンは、真っ黒に塗った唇をあんぐりと開けています。

「やがて時がきて、わしはその思し召しを実現すべく、自ら父となることにしたのじゃ。オーロラ姫も自分の使命をわかっておったから、妊娠を隠し通し、秘密裏に子を産んだ。王の願いが届いたのだろう。立派な男の子じゃった」

「それが、トロイさんね？」

「ああ」

「やがてトロイさんも結婚し、メライさんが生まれた。メライさんはキッセンさんの孫であるとともにグーテンシュラーフ王国の王位継承者なのね」

「そうじゃ……。オーロラ姫が目を覚ますのは六十年後。それまでにもしも姫に何かがあり、トロイも生きておらなんだら、王家の血筋はどうなる。メライにはなんとか立派に成長し、妻をめとって子どもを作ってもらわなければならんのじゃ」

王亡きあとを任された宰相にとっては、メライはただの孫以上に大切な存在なのです。殺人の疑いをかけられたことに対し、あれだけ血相を変えるのも当然でした。

「もし、ゲーネンさんが何かのきっかけで、それに気づいていたとしたらどうかしら？　彼は養子としてこの国に来たけれど、本当は、ラッフェル公国がこの国を乗っ取るために送り込んだのでしょう。当然、スパイというか、ゲーネンさんの右腕となって動く人間が、一緒に送り込まれているんじゃないかしら。だから王位継承者がいるとわかったら、殺人の罪を着せて、国民の手で殺させるという残酷な計画を思いついたとしてもおかしくないわ。ならず者のジーンを殺し、メライさんの服を血まみれにしたり、血の付いたナイフを置いたのも、ゲーネンさんの手下の仕業でしょう」

「あんなぼんやりしたものぐさ男に、そんな計画が思いつくとは思えないわ」

キッセンじいさんの秘密に青ざめながらも、シュナーヒェンはまだ、赤ずきんの推理に突っかかりました。

「シュナーヒェンさん。さっきゲーネンさんがそこから顔を覗かせたとき、キッセンさんは『メライに疑いがかかって、もう少しで犯人にされるところだった』と言ったわ」

「それが、どうかしたの？」

「『犯人』とは言ったけれど、何の犯罪かは言わなかった。でもゲーネンさんは確実に訊き返したわ。『殺したのはメライじゃなかったのか』と。——どうして知っていたのかしら。容疑が殺人だって」

シュナーヒェンは何も言いませんでしたが、その目は満月のように見開かれました。

「誰か、誰か！」

やがて駆け付けた家来の一人に、ゲーネンを追いかけるようにキッセンじいさんは命じました。

「捕まるかしら？」

「大丈夫よ、きっと」

赤ずきんはパンに手を伸ばしながら答えます。

「まったく、大した女の子じゃ」

ため息をつくように、キッセンじいさんが言いました。

「赤ずきん、おぬし、メライの嫁にならんか？　そうなれば、この国はしばらく安泰じゃて」

「お断りするわ」

赤ずきんの手から、ちぎったパンのかすがぽろぽろとテーブルクロスの上に落ちます。

「シュペンハーゲンまで、クッキーとワインを届けなければいけませんもの」

「シュペンハーゲンだなんて」シュナーヒェンが笑いながら言いました。「あんな寒いだけの港町に、いったい何をしに行くのよ」

赤ずきんはシュナーヒェンを見ます。この人になら、旅の目的を話してもいいわ、と思いました。

「殺したい相手がいるのよ」

言葉を失うシュナーヒェン。赤ずきんは、パンを口に放り込んだのでした。
目的の地、シュペンハーゲンはもう、目の前です。

# 最終章　少女よ、野望のマッチを灯せ

## 1.

シュペンハーゲンの町は冬になると、空を分厚い雲が覆います。陰気で、意地悪で、まるで小鬼のはらわたを思わせるようなその灰色の雲から、ちらほらと雪が降ってくるのです。雪はやがて町の家々の屋根や道を覆いつくし、すべてを凍えさせてしまいそうになるのでした。

そんな町の一角に、とあるマッチ工場がありました。工場主のガルヘンという男はとても太っていて禿《は》げ頭で、いつも酔っぱらったような赤い顔をしていました。ガルヘンの作るマッチは粗雑で、火薬がちょびっとしかついていないので、三本のうち二本しかちゃんと火がつかないのでした。

シュペンハーゲンには他に〈セントエルモの火〉という、質のいいマッチを製造販売する会社がありましたが、この会社のマッチは高価なため、市民は火がつかないものが混じっていても安価なガルヘンのマッチを買い求めるのです。そのため、ガルヘンは、贅沢《ぜいたく》な暮らしをすることができていました。

そんなガルヘンのマッチ工場の隅に、エレンという九歳の少女が寝泊まりをしていました。エレンは、幼いころにお父さんとお母さんを亡くし、遠い親戚のガルヘンのところへ引き取られたのでした。独身のガルヘンは子どもが大嫌いで、エレンにはつらく当たっていました。

その年のクリスマスイブのことでした。

「おい、この役立たずのクソガキ」

ガルヘンはそのブタのような顔を真っ赤にして、エレンを怒鳴りました。

「そんなところで一日中うずくまっていて、ただで飯がもらえると思うな。これを売ってこい」

どさりとエレンの前に投げ出されたのは、大きな籠《かご》いっぱいのマッチ箱でした。

「昨日、雑貨屋のヨクナーばあさんが死んだそうだ。ばあさんの店はうちのお得意だったからな、卸《おろ》すはずだったマッチがこんなに余っちまった。売れなきゃ、大損だ」

「売るって言ったって、どこへ……どこへ行けばいいんですか？」

「そんなこた、自分で考えるんだよ！」

エレンはガルヘンの毛だらけの手で襟《えり》首をつかまれ、マッチの入った籠とともに工場の外へ投げ出されました。エレンは積もった雪の上に、顔が半分埋まってしまいました。

「いいか、全部売れるまで帰ってくるんじゃねえぞ」

ガルヘンはそう言い残し、工場の扉をばたんと閉めました。時刻はもう夕方で、雪が降っていました。シュペンハーゲンは港町ですので、海からびゅうびゅうと吹き付ける風もとても厳しいのです。体じゅうの雪を、手袋もしていない手で払い、凍えそうになりながら、エレンはマッチの入った籠を抱え、とぼとぼと歩いていきます。

「誰か、マッチを買ってくれませんか？」

人通りの多い通りまでやってくると、エレンは道行く人たちに声をかけました。

「誰か、マッチを買ってください」

暖かそうなコートを着た男の人、プレゼントを抱えた女の人、幸せそうな家族連れ……。エレンの声に耳を傾けてくれる人は誰もいません。

「すみません」

エレンは思い切って、通りがかった男性の灰色のコートにすがりつきました。男の人は足を止めました。

「なんだ？」

「マッチを、買ってください」

男の人は馬糞《ばふん》でも見るような目つきでエレンを睨《にら》むと、

「コートが汚れるだろうが、失せろ、ガキ！」

エレンを突き飛ばしました。籠の中のマッチが、雪の上に散らばります。

「いいか、世の中を甘く見るんじゃねえぞ。マッチを買えだ？　金がそんなに簡単に手に入ると思うな。金がねえやつは、一生みじめな夢を見ているしかねえんだ」

夢には金がかかるねえからな、と笑い、ぺっとエレンの顔につばを吐くと、男の人は遠ざかっていきました。

かけられたつばを拭《ぬぐ》いながら、エレンは涙を零《こぼ》しました。涙もそのまま凍ってしまいそうな冬のシュペンハーゲン。エレンのために立ち止まってくれる人は一人もいません。

いつしか、日は完全に落ちていました。エレンは声をかける元気もなく、家々のあいだを歩いていきます。

　ふと、明るい窓が目に留まりました。近づいていって、家の中を覗きました。暖炉には火が燃えていて、きらびやかなクリスマスツリーがある部屋で、家族が食卓を囲んでいます。きれいなお母さんと、優しそうなお父さん、セーターを着た子どもが二人。幸せそうな家族でした。食卓の上には鳥の丸焼きと、おいしそうなケーキがあります。

　私にもお父さんとお母さんがいたら、今ごろ……。いや、こんな嘆きは今までさんざんしてきたのです。もうやめようと、何度も心に誓ったのでした。

　と、そのときでした。

「君にプレゼントをあげるよ」

　不意に、頭の上から声が聞こえました。視線をあげて、エレンは目を疑いました。

　二歳くらいの男の子がゆっくりと下りてきたのです。エレンの目線まで下りてきたその男の子はまっ裸で、背中には羽根が生《は》えていて、頭の上には、金色の光輝く輪がありました。

「あなたは、天使……？」

「そうさ。今夜はクリスマスイブだっていうのに、あまりに君がかわいそうだからって、神様がぼくを使わしたんだ。さあ、右手をこっちに」

　言われるがままにエレンが右手を差し出すと——、ぱちん、ぱちん、ぱちん。天使は三回指を鳴らしました。エレンの手が、じんわりと熱くなります。

「その手で、マッチに触ってごらん。君が触ったマッチを擦《す》りながら願い事をすると、君の好きな夢を見られるようになるよ」

「好きな、夢？」

「そうさ。今後、君が触ったマッチはみんな、同じ効果を持つようになるよ」

天使はそれだけ言うと、花のように微笑み、再び上がっていきます。

「待ってよ！」

エレンは呼び止めますが、すでにそこに天使の姿はなく、じっとりと湿った雪が落ちてくるだけでした。

エレンは身震いをしました。今の不思議な出来事に忘れていましたが、今夜は凍えそうに寒いのです。それに、お腹がすいてしかたがありません。あの幸せそうな家族の食卓に載っている鳥の丸焼きの、せめてかけらでももらえたら、どんなに幸せでしょう。

エレンはそんな妄想を抱きながら、売り物のマッチの箱を開けて一本取り出し、火をつけました。

――シュッ！

すると、どうしたことでしょう。

エレンは、暖かい部屋にいて、目の前には大きな食卓があり、お皿に鳥の丸焼きがあるのでした。それは、あの家族が食べようとしていたものの二倍もあり、とてもエレン一人では食べられそうにありませんでした。

信じられない、という気持ちよりも空腹が勝ちました。エレンはその丸焼きに飛びつきました。

しかしそこは、雪の上でした。

はっとして周囲を見ると、冷たいレンガの壁に挟まれた路地でした。あの明るい窓の向こうには、ケーキを切り分ける幸せそうな家族の姿があります。

手の中のマッチの燃えカスを見て、エレンは天使の言葉を思い出していました。この小さな手には、本当に不思議な力が宿ったのでしょうか。新たにマッチを一本取って、今度はこう願いました。

一度でいいから、暖かいベッドで眠ってみたい。

――シュッ！

エレンの目の前に、それはそれは豪華なベッドが現れました。頑丈そうな木の脚、肌触りのよさそうな絹のシーツ、ふかふかの毛布。いつも工場の硬くて冷たい床に身を横たえて眠っているエレンにとって、それは憧れのものでした。さっそく毛布をめくろうと手を触れた瞬間。

エレンは再び、雪の降る町の路地にいました。手には、マッチの燃えカス……。

やはり、籠の中のマッチはすべて、望んだものを見ることのできるマッチに変わったようです。しかし、その夢は、マッチの火が灯っているわずかなあいだだけしか見られないのでした。ガルヘンのマッチはとても質が悪く、火がついているのはわずかのあいだ、しかも三本に一本は火さえつかないときています。

それでもこれだけ大量にあれば、夜どおし、好きな夢を見てすごせることでしょう。暖かい暖炉も、豪華なクリスマスツリーも、それどころか、小さいころに死んでしまったお父さんとお母さんの姿さえも。エレンはさっそく、箱の中のマッチをあるだけ出そうとしました。

そのときでした。

エレンの頭の中に、ある声が響きました。

（いいか、世の中を甘く見るんじゃねえぞ）

それは、さっきエレンを突き飛ばした男の人の声でした。

（マッチを買えだ？　金がそんなに簡単に手に入ると思うな。金がねえやつは、一生みじめな夢を見ているしかねえんだ）

一生、みじめな夢を見ているしかない。

一生……、みじめな……、夢を……。

一生……、ですって？

「冗談じゃないわ」

エレンは低い声でつぶやきました。

心に願ったものを見ることのできるこのマッチは、たしかに素晴らしく思えます。ですが、夢から覚めたらそこには常に、暗くて残酷で希望のない現実が待っているのです。好きな夢を見られるマッチ？　いいじゃないか。結局お前は、そうしてマッチのある限り、永遠にみじめな夢を見ているしかないんだよ――。耳元であの男の人に笑われている気がしてなりませんでした。

（夢には金がかからねえからな）

頬に、あの男の人にかけられたつばの感触がよみがえります。

エレンの胸に、熱い炎が灯りました。

「それなら私は、お金の夢を見るわ」

つま先に落ちる雪を見つめながら、固く誓いました。

「いいえ、夢じゃダメよ。覚めて終わる夢なんて、意味がないもの。私は、現実のお金を手に入れる！　私を助けてくれなかった人たちすべてが、一生かかっても稼ぐことのできないほど、たくさんのお金を！」

お金。それは、何でも買うことのできる、豊かさの象徴。

お金。それは、人々の支配を可能にする、魅惑の力。

お金。それこそ、人生を幸せにする究極の希望。

お金。

お金お金お金。

お金お金お金お金お金お金お金お金。

お金さえあれば、もう二度と、みじめな夢など見なくてすみます。それどころか、なんだって願いはかなうのです。

そうよ、あなたは弱くない。エレンは自分にそう言い聞かせました。

マッチに影響を与えるこの力は、私に富と力をもたらすために、神様がくださったのだわ！

その夜遅く、マッチ工場に隣接するガルヘンの家から火が上がりました。ごうごうと音を立てて燃えるその家の前に、一人の九歳の少女の影があったことは、ただ舞い落ち続ける雪を除いては、誰も知らなかったのでした。

## 2.

森の中をせかせかと、十一歳の女の子が歩いていきます。

女の子は、いつも赤いずきんを被《かぶ》っているので、みんなに「赤ずきん」と呼ばれているのでした。右手にたずさえたバスケットの中には、クッキーとワイン、それに小さな花束が入っています。

お母さんから、病気のおばあさんのお見舞いに行くようにと、赤ずきんはおつかいを頼まれたのでした。

本当ならば、寄り道なんかしないでおばあさんの家へ行くつもりでしたが、途中できれいなちょうちょが目の前を横切りました。それを追いかけているうちにお花畑へ出たのです。赤、白、紫、黄色……咲き乱れる色とりどりの花。花束を作って持って行ってあげたら、おばあさんは喜ぶんじゃないかしら。そう思った赤ずきんは夢中で花を摘み、すっかり時間をすごしてしまったのでした。

それで、急いでおばあさんの家へ向かっているのです。

やがて赤ずきんの目の前に、赤い屋根の、小さな家が見えてきました。

「おばあさん、私よ。赤ずきん」

戸を叩いて言うと、中から、「おお、よく来たね」と、弱々しい声が返ってきたのでした。

「開いているから、入っておいで」

言われた通りに戸を開けると、おばあさんはベッドで眠っているようでした。

「おお、赤ずきん。そばにきて顔を見せておくれ」

「うん」

赤ずきんはテーブルにクッキーを置いて枕元に近づきました。布団から出ているおばあさんの手があまりにも大きくて、びっくりしてしまいました。

「おばあさん。おばあさんの手はどうしてそんなに大きいの？」

「おまえをぎゅっと抱きしめるためだよ」

その声もどこか、しわがれていました。病気とはいえ、どうもおかしい様子でした。ナイトキャップと布団の間から赤ずきんを眺めている目が、いつもより大きい気がします。

「おばあさん。おばあさんの目はどうしてそんなに大きいの？」

「おまえの姿をよく見るためだよ」

そのとき、布団に隠れていたおばあさんの顔の下半分が見えました。鼻から下は毛むくじゃらで、真っ赤な大きな口が見えました。

「おばあさん。おばあさんの口はどうしてそんなに大きいの？」

「それはね……、お前を、食べるためだよ！」

布団をはねのけ、おばあさんは赤ずきんに飛びかかってきました。オオカミだわ！　気づいたときには遅く、赤ずきんは頭から丸のみにされてしまったのでした。

真っ暗なオオカミのお腹の中。

怖くて、悲しくて、どうしようもありません。すると、

「赤ずきんかい……？」

すぐ近くで声がしました。それこそ、赤ずきんの知っているおばあさんの声でした。

聞けば、風邪で寝ていたおばあさんは、戸を叩く音に赤ずきんが来たと思い、開けたところ、突然襲い掛かってきたオオカミに丸のみにされてしまっていたのでした。オオカミはおばあさんになりすまし、赤ずきんがくるのを待っていたに違いありませんでした。

「どうしよう、おばあさん」

「だいじょうぶよ。強い心を持っていれば、必ず道は開けるものよ」

不安がる赤ずきんの手を、暗闇の中でぎゅっと握りしめ、おばあさんは勇気づけてくれたのでした――。

やがてぐうぐうというオオカミの大いびきが、聞こえてきました。

それからどれくらい経ったでしょう。

戸が、ばたんと開く音が聞こえたのです。

「オオカミじゃないか。この丸々とした腹は、どうしたことだ」

男の人の声がしました。

「オオカミに食べられちゃったの、助けて！」

赤ずきんが叫ぶと、

「よし、待ってろ！」

猟師のおじさんはハサミでじょきじょきとオオカミのお腹を切り開き、赤ずきんとおばあさんを助けてくれました。

「ありがとう、猟師のおじさん」「本当に、助かりましたよ」

赤ずきんとおばあさんはお礼を言いました。猟師のおじさんはオオカミを憎たらしい目つきで見下ろしました。

「しかし、とんでもない奴だ。眠っているうちに殺してしまおう」

オオカミの頭に猟銃を向けます。

「待って」

赤ずきんはその銃身をつかみました。

「たしかに私たちはこのオオカミにひどい目に遭わされたけれど、殺してしまうなんてかわいそうよ」

猟師のおじさんは、赤ずきんの顔を見つめました。

「わかった、殺すのはやめよう。しかし、ただで許してしまうと、また悪さをしでかすかもしれないから、罰は必要だ」

「そんなら、このお腹に石を詰めてしまいましょう」

おばあさんが提案して、家の周りの石を三人で拾い集め、オオカミのお腹に詰めて皮を縫ったのでした。そして、三人でオオカミを森の真ん中へと放り出しておいたのでした。

「あなたは、優しい子ね、赤ずきん」

おばあさんは赤ずきんの頭を撫《な》でてくれました。

「オオカミの命を助けるなんて。あなたは、私の誇りよ」

大好きなおばあさんにほめられて、赤ずきんは幸せでした。――本当に本当に、幸せでした。

3.

クリスマスの朝、ガルヘンの家の燃えた跡には、多くの人が集まってひそひそと話をしていました。炎は、中で眠っていたガルヘンもろとも、焼き尽くしてしまったのでした。

エレンは知らなかったのですが、ガルヘンはマッチ工場を経営する傍《かたわ》ら、高利貸しもしていて、その利子は法外に高かったそうです。それで、借金を返せなくなった者たちにつらく当たっており、相当の恨みを買っていた様子です。その腹いせに家に火をつけられたのだろうと人々は口々に言っていました。

エレンを疑う者は一人もおらず、幸運にもエレンはガルヘンの強欲さに助けられた形になったのでした。

「お集まりのみなさん！」

クロテンの毛皮を着た、片レンズの眼鏡の紳士が両手を広げて大声をあげました。

「私はガルヘン氏の顧問弁護士です。不幸なことに、この火事は家主であるガルヘン氏の命を奪ってしまいました。彼の財産とマッチ工場、それに多大なる債権は当然にしてしかるべき者に相続されるべきなのですが、ガルヘン氏には子どもがおりません。誰か、ガルヘン氏の親族を知っているお方はおりませんでしょうか？」

人々はお互いの顔を見合わせますが、誰も思いつかないようです。エレンは戸惑いましたが、ゆっくりと手をあげました。

「私は、ガルヘンさんの親戚です。お父さんもお母さんも死んでしまい、マッチ工場に寝泊まりさせてもらっていたのです」

「あなたが？」弁護士は目を丸くしました。「誰か、それを証明できる人はいますか？」

「いいえ、残念ながら……」

周囲がざわめきました。この女の子、財産ほしさに嘘を言っているんじゃないかしら、という声も聞こえます。弁護士は困ったようにエレンを見つめていましたが、「よろしい」とうなずきました。

「私どもが、役所の文書を調べてみましょう」

エレンの身元がはっきりしたのはそれからわずか二日後のことでした。エレンは正式にガルヘンの遺産相続者と認められ、マッチ工場と銀行預金、それに多額の債権を手に入れたのでした。

「なんて運のいい子なんだ！」

マッチ工場が再開した日、それまでエレンのことをゴミを見るような目で見ていたマッチ工場の工員たちは、一夜にして雇い主になった彼女を、驚きをもって迎えました。

しかしエレンは、そんなことで満足はしませんでした。

「誰か、現在のマッチの作り方について詳しく説明してくれる人はいるかしら？」

顔を見合わせる工員の中から一人、年配の製造責任者が出てきてエレンに説明をはじめました。こんな小さな女の子に何がわかるのかと馬鹿にした口調でしたが、

「そんなやり方じゃ、軸の頭にしっかり火薬がつかないんじゃないの？」

途中でエレンがこう指摘したとき、驚いたように口をあんぐりと開けました。常日ごろからこ

の製造責任者もそう思っていたのです。

「どうりで、火がつかないマッチが混じっているはずだわ」

「し、しかし、原材料をできるだけ節約して、大量に作ったほうが儲かるとガルヘンさんが……」

「そんなの、お客さんのことを考えてはいないわ。これからは量より質。とにかく、もっとうまいやり方を」

実のところ、エレンはマッチの作り方なんてこれっぽっちもわかりませんでした。ただ、三本に一本は火がつかないなんて、そんなのは不良品以外の何物でもなく、もっとうまいやり方があるはずだとずっと思っていたのです。

エレンの不満はもう一つ。燃焼の持続性がないことでした。これではせっかく不思議な力で希望の夢を見ることができてもすぐに消えてしまいます。

エレンは人づてに、火薬に詳しい人物を探してきてもらいました。

「私に目をつけるとは、お目が高いですや」

現れたのは、ヨルムンという名の人物でした。骸骨みたいに痩《や》せた五十すぎの男で、義足の右足をかばうように松葉杖をつき、右目には眼帯をしていました。かつて軍隊で砲兵をしていたそうですが、火薬の研究の最中に起きた大爆発で右半身に大けがを負い、お払い箱となったのだそうです。

「ふむ、塩素酸カリウムに硫黄《いおう》に、リン」

ガルヘンのマッチの先をぺろりと舐《な》めると、ヨルムンは言いました。

「原料の物質に、化学的な問題はありやせん。たぶん、粘性《ねんせい》が足りないんでしょうや」

「粘性っていうのは、粘り気のことね？　どうすればいいのかしら」

「松やにをお使いなさい。あれは粘っこいし、油も含まれてる。もっと火力が強く、長く燃えるマッチができましょうや」

都合のいいことに、ガルヘンに借金をしていた債務者の中に、広大な松林を持つ者がいました。エレンは借金のカタにその松林を手に入れようとしました。

「先祖から受け継いだ松林なのです。どうか勘弁してください！」

債務者はエレンに泣きつきました。

「そうはいってもあなた、利息すら払えていないじゃない。あなたが負っている借金に比べたら、こんな松林、安いものでしょ」

「し、しかし……」

エレンはこの頃すでに、バドレイという名の秘書兼用心棒を雇っていました。どこで手に入れたのか、ヴァイキングの鎧《よろい》と武器を身に着けた筋骨隆々のこの男は力が強く、債務者をぶん投げて手足の骨を折りました。こうしてエレンは強引に松林を手に入れ、松やにの安定供給を可能にし、マッチの質をぐーんと向上させたのです。

次に課題となったのは販路の拡大です。エレンが目をつけたのはたばこ屋でした。マッチが三本だけ入った宣伝用のマッチ箱をたくさん作り、たばこ屋に置かせてもらい、たばこを買った人に無料で配るように頼んだのです。火つきがよく、火力もあり、燃焼時間も長いエレンのマッチは、金髪碧眼《へきがん》の少女が笑っているロゴマークとともに、またたく間にシュペンハーゲンじゅうに知られるようになりました。

そうなると当然のように出てくるのが、ライバル会社の反発です。〈セントエルモの火〉の社員が、シュペンハーゲンの新聞に「〈エレンのマッチ〉は燃えすぎて危険」という記事を投書したのです。ガルヘンの焼死も、それが原因だったのだという内容でした。エレンは必死に否定しましたが、新聞の影響力というのは強く、軌道に乗り始めた〈エレンのマッチ〉の売り上げは急に下がってしまいました。

「どうしましょう、社長？」

工員たちは、エレンに迫りました。彼らにとってこの少女はすでに、ついていくべき剛腕の経営者だったのです。

「心配ないわ。切り札を出しましょう」

エレンは彼らに向かって微笑みました。

「切り札？」

「ポスターを刷って町中に貼り出すのよ。今から私が言う文章を、一言一句、違わずに書くのよ」


エレンのマッチを擦りながら、心に強く願いを。

きっとあなたには、夢の時間が訪れるはず。


ポスターの効果はてきめんでした。〈エレンのマッチ〉の本当の力を知った町の人たちはこぞってその不思議な力のとりこになり、商品は飛ぶように売れました。工場は連日連夜、徹夜の作業を続けましたが、商品の製造が追いつきません。

〈セントエルモの火〉のほうは、〈エレンのマッチ〉の評判が上がるにつれ、みるみるうちに経営が傾いていきました。エレンはすぐに手を回し、買収しようとしました。

「あんな小娘の会社に、伝統あるうちの会社が買収などされてたまるか」

古い頭の経営者はそう反発しましたが、減給に減給を重ねられていた社員たちの心はすでに、エレンのほうへ傾いており、社内で暴動まで起こる始末でした。こうしてエレンは〈セントエルモの火〉を買収し、シュペンハーゲンのマッチのシェアを独占したのです。あの酷寒のクリスマスイブから四年、エレンはわずか十三歳にして、正真正銘、シュペンハーゲンでいちばんの「マッチ売りの少女」になったのでした。

エレンは勝ち誇りました。自分をゴミのように蔑《さげす》んだ町の人たちの羨望のまなざしを浴びて、「勝った」と思いました。

しかし、まだ満足はしていませんでした。

もっとお金を。

世界中の誰も手にしたことのない、莫大な富を。

誰もが私のマッチを使い、誰もが私の足元にひれ伏す世界を。

もはやそれは目標というより、野望でした。エレンの目はすでに、世界を支配する強大な富と権力を見据えていたのです。

そのためにはもっともっと私のことを世に知らしめなければダメだわ、とエレンは思いました。誰に相談すればいいだろうかと思案し、成功を裏で支えたあの男を呼びつけたのです。

「ふーむ」

相談を受けたヨルムンは、松葉杖に右ひじをつき、顎《あご》をおさえて悩みました。正直なところ、彼には、火薬のこと以外はわかりませんでした。しかし、しばらく考えたあとで、はたと手を打ちました。

「エレンさんの成功譚を物語にして、出版するってのはどうでしょうや？」

「本を作るというのね！」

エレンは飛び上がりました。

「でも、私に物語なんて書けないわ。ヨルムン、あなたが書いてよ」

「冗談言っちゃいけやせん。私はもう何十年も、化学の事典の他には、本なんて読んじゃいやせんのですから。エレンさん、お金なら腐るほどあるんでしょう？　……あ、こりゃ失礼、もちろん硬貨は金属ですから腐りやせん。酸化して腐蝕《ふしょく》することはありやしょうが」

「何が言いたいの、ヨルムン？」

「プロに頼むんでやすよ。シュペンハーゲンより北の、ウォーデンセという町に、童話で名をはせている作家がいるのを知ってます」

ウォーデンセといえば、不思議な者たちが住んでいるファンタジーの町です。なるほどそこには、素敵な物語を書いて人々を魅了する作家もいるのでしょう。

「その作家の名前は？」

「たしか、アンデルセンとかいうんではありやせんでしたっけ」

エレンが初めて、その男の名を聞いた瞬間でした。

4.

森から離れた小さな丘にぽつんと、小さな教会が佇《たたず》んでいました。

教会の扉が開き、棺桶を抱えた六人の男たちがゆっくりと出てきます。その後ろから、大人の女の人とその娘が一人、出てきました。

娘は目を真っ赤にして、棺桶を抱えた男の人たちのあとをついていきます。普段は赤いずきんを被っているために「赤ずきん」と呼ばれているその女の子は、今日は黒いずきんを被っていました。

彼女は、十五歳になっていました。

「ごめんなさい」

赤ずきんは男たちに担がれた棺桶を見ながらつぶやきました。

「もう少し、早く気づいてあげていれば……」

――赤ずきんが、おばあさんの異変に気づいたのは、ひと月ほど前のことでした。

その日、赤ずきんは例によって、クッキーとワインをおばあさんに届けに行ったのです。

もう昔のように、道草をして花束を作るなんていうことはありません。オオカミにも十分気をつけて、森の中を歩いていき、すぐにおばあさんの家に着きました。ところが、戸を叩いても返事がありません。

戸に耳をつけると、おばあさんの声が聞こえてきたのです。

「……やですよ、おじいさん。……そうですよ、そりゃ儲かりますよ。みんな、一日泥だらけで働いているのに、親方に怒鳴られどおしですからね」

ずいぶん楽しそうです。

おじいさんは死んだはずだけど……と、赤ずきんはドアノブを握り、そーっと戸を開けながら中のおばあさんに声をかけました。

「おばあさん、赤ずきんよ。クッキーとワインを……」

そこまで言って、目の中に飛び込んできた光景に、赤ずきんは息をのみました。

鎧戸が閉め切られた家の中は温かいオレンジ色の光に包まれ、おばあさんは揺り椅子に深く腰かけていました。そして、そのおばあさんの前に、おじいさんがいるのでした。

お化け……？と思いましたが、それにしては色つやのいい顔です。むしろ、おじいさんに話しかけているおばあさんのほうが、しわだらけで、やつれきっていて、お化けのような顔なのでした。

「そうですよお。酔っぱらったら酒の濃さなんてわかりゃしません。それで二倍の量、売れるじゃないですか。お金が儲かったら、森の中の家なんて引き払って、海のそばにでも引っ越したいですねえ……」

いったい、何を話しているのでしょう。とにかく、ただならぬ雰囲気です。

「おばあさん！」

赤ずきんはバスケットを投げ出し、おばあさんの体を揺すりました。おばあさんの手から、小さな棒が床へ落ち、明かりが消えました。

「おや……？　なんだい、またこの、陰気くさい部屋かい。せっかく、いいところだったのに」

赤ずきんが目の前にいることなど気づかない様子で、おばあさんはがさごそと音を立てます。ポケットを探っているようでした。やがて「あった」と満足げに言うと、

――シュッ！

ふたたび部屋はオレンジ色の光に包まれ、おじいさんが現れます。

「そうですよお、海辺に移り住んでね。……いえいえ、旅館を経営するんです。そこでまた、薄めたお酒をね」

どうやらこの怪しげな現象には、マッチの炎が関わっているようです。だとすれば……。

赤ずきんはとっさに窓に走り寄り、閉め切られている鎧戸を全開にしました。南向きの窓も、西向きの窓も、全部です。日は傾きかけていましたが、太陽の光が部屋の中に差し込みました。

明るくなった部屋を見て、赤ずきんはあらためて愕然としました。おばあさんはやはり、赤ずきんが最後にあったときよりだいぶ痩せてしまっていました。頬はこけ、目は落ちくぼみ、新たなマッチを取り出そうとする手はエンピツのようにやせ細っています。そして、揺り椅子の下には、マッチの燃えかすが大量に落ちているのでした。

「おばあさん！」

赤ずきんがその肩に触ると、おばあさんの手からマッチが零れ落ちました。とたんにおばあさんは、獣のように鋭い目で赤ずきんを睨みつけたのです。赤ずきんはひっと悲鳴を上げ、後じさ

りしました。

「あんた、誰だい……？」

こんなに悲しく、怖かったことはありません。赤ずきんは、とっさにおばあさんの手の中のマッチを取り上げようとしました。

「やめろっ！」

おばあさんは赤ずきんの手をひっかきました。

「いたいっ！」

マッチはおばあさんの膝の上に落ちます。おばあさんはそれを拾って擦ろうとします。痛みをこらえてマッチを取り上げると、おばあさんは揺り椅子から転げ落ち、這《は》うようにしながら赤ずきんの足にしがみつきました。

「返せ！」

「いやよ」

「返せ。返せ返せ、返せ！　そのマッチを、私に、か、え、せえええええー！」

白髪を振り乱し、充血した目を剝《む》いて、喉《のど》の奥から声を絞り出すその姿はもはや、赤ずきんの知っているおばあさんではありませんでした。

赤ずきんはおばあさんの家を飛び出し、走って自分の家に帰りました。そして泣きながら、お母さんにおばあさんのことを報告しました。お母さんは血相を変え、すぐに赤ずきんを連れておばあさんの家に向かいました。

その途上、赤ずきんはお母さんから、マッチについて詳しく聞いたのです。

〈エレンのマッチ〉は、はるか北方、デンマークという国のシュペンハーゲンという町に住むエレンという少女によって作られたもので、とても性能がいいのだそうです。赤ずきんの住む森のあたりでも半年前から急に普及しはじめましたが、それまでこのあたりで使われていた火打ち石に比べ、簡単に火がつけられますし、一度つけると一分以上燃えているという優れもので、すぐに広まっていきました。さらにこのマッチは不思議なことに、願い事をしながら擦ると、その望みのものが目の前に現れたような夢を見ることができるのです。そして、暗がりの中では、他人にもその「願い事の光景」が共有できるのでした。

初めのうちは森の人々も珍しがって試していましたが、そのうち、夢を見ることに中毒性があることがわかってきました。たとえば、亡くなった奥さんに会いたいと願った木こりのおじさんが、一日中家にこもってマッチを擦り続け、へらへら笑い、食事もとらなくなって死んでしまうというようなことが起こったのです。

耳ざとい人が聞きつけてきた噂では、シュペンハーゲンやその周辺の町でも似たような状況に陥る人が多くいて、問題になっているということです。しかし、どの町でもこの便利なマッチを規制する動きは見られず、ただ夢に依存している人がマッチを買い続けているために、発売元である〈エレンのマッチ〉は大儲けしているということでした。

赤ずきんは子どもの頃から夢見がちな女の子でした。こんな子がマッチのことを知ったら、夢の世界に入り浸ってしまうと心配したお母さんは、マッチのことを赤ずきんに隠し続けてきたのです。

再びおばあさんの家に着いてみると、おばあさんは床に仰向けになったままでした。

「おじいさん、おじいさん……」

わけもなく手足をがさがさと動かしているその姿は、まるで死に際のゴキブリのようで、赤ずきんはその日二度目のショックを受けました。

「まさか、おばあさんがマッチ依存症になっているなんて」

お母さんは悔やみましたが、もうどうしようもありません。

知り合いの男の人たちを呼んで、おばあさんを赤ずきんの家まで運んでもらい、看病をしました。五日間、飲まず食わずで「マッチ、マッチ」とうわごとのようにつぶやき続け、ついに一昨日、還《かえ》らぬ人となってしまったのでした。


葬列はやがて、森から離れた墓地へと達しました。そこにはすでに新しい墓穴が掘られていて、男の人たちはゆっくりとその穴へ、棺桶を下ろしました。

「最後のお別れをしなさい」

お母さんが涙声で言いました。赤ずきんは手に持っていた花束を棺桶の上へ落とします。

おばあさん、安らかに……。

目をつぶると、優しかったおばあさんの顔が浮かんできました。歌や踊りをたくさん教えてくれたおばあさん。花束を作ったら、とても上手だとほめてくれたおばあさん。眠れない夜には、ずっとそばにいて手を握ってくれていたおばあさん。

——だいじょうぶよ。強い心を持っていれば、必ず道は開けるものよ。

いつかオオカミのお腹の中で聞いた言葉を思い出し、目をつぶったままの赤ずきんの頬に、涙が伝いました。

強い心を持っていれば――そう言っていたおばあさんが、マッチの悪魔的な魅力の前に屈し、ついには命まで奪われてしまったのです。赤ずきんは悔しくて仕方がありませんでした。

あんなマッチがあったから――。

マッチを作ったエレンという少女とは、いったいどんな女の子なのでしょう。

ちょんちょんと、赤ずきんの腰のあたりを背後から誰かが突きます。

「お母さん、やめてよ」

赤ずきんは目をつぶったまま言いますが、ちょんちょん。また、腰が突かれます。

「やめてってば！」

隣でお母さんが息をのむ音がしました。――ということは、誰が突いているのでしょう？

赤ずきんは目を開けて振り返り、凍り付きました。

オオカミが青い目でじっと、赤ずきんを見あげていたのです。

「あなた！」

赤ずきんは身構えました。間違いありません。何年も前、赤ずきんとおばあさんを丸のみにしたあのオオカミでした。

「この野郎！」

ずい、と前に出てきたのは、あの日、オオカミのお腹を割《さ》いた猟師のおじさんです。今日はお葬式なので猟銃もハサミも持っていませんが、その迫力はいつもの通りでした。

「赤ずきんに手出しすると、承知しねえぞ」

オオカミは一歩引きました。

「何もあんたがたを取って食おうと言うんじゃない。お悔やみを申し上げに来たんだ」

「嘘をつけ」

「嘘なもんか！　……俺はな、赤ずきん。あんたたちに石を詰められたあの日、腹が苦しくて、ばあさんの家に助けを求めに行ったんだ。優しいばあさんは、俺の腹を切り裂いて石を出し、また縫ってくれた。そのときに聞いたんだ。眠っている俺を猟師が殺そうとしたとき、赤ずきん、あんたが命を助けるように頼んだってな」

「え、ええ、そうよ」

「俺はそれ以来、心を入れ替えた。ばあさんのところへ、川で獲った魚やらキノコやらを持って行ってやったりした。……そんなことをしていると知ったら、オオカミの威厳が台無しだから、ほかの人間には黙っていてくれるようにと頼んでいたんだ」

おばあさんとオオカミの知られざる交流に、赤ずきんは驚きました。

「わかったろ。俺にもお別れを言わせてくれよ」

オオカミは、すでに棺桶が収められた墓穴の近くまで歩を進め、足を折って静かに目をつむったのです。おばあさんを悼《いた》む気持ちに嘘はないことを知り、赤ずきんはまた涙が出そうになりました。お母さんも、猟師のおじさんも、他の会葬者も、そんなオオカミの姿を黙って見守りました。

やがてオオカミは立ち上がり、赤ずきんのほうを振り返りました。

「ばあさんが死んだのは、あの不思議なマッチのせいだろう？」

「知っているの？」

「ああ。好きな夢を見ることができるっていう魔法みたいなマッチらしいな。お前ら人間っていうのは、強く見えて実は心の弱っちい生き物だ。一度そんなマッチに手を出したら、死ぬまで擦り続けるに決まっている。飯も食わず、身の回りのことなんかどうでもよくなっちまってな」

「ええ……」

「本当に、人間っていうのは愚かしくて、一方でとても恐ろしい生き物だ。そうやって世の中に廃人を増やしては、今もそのマッチで儲けているやつがいるっていうことだろう？」

そうです。エレンへの憎しみが再び赤ずきんの中に湧いてきました。

「赤ずきん。ばあさんの復讐をしたいと思わないか？」

「本当ならしてやりたいわ。でも、どうやってやればいいのか……」

「あんたが自ら、マッチ会社のエレンってやつに会いにいけばいいんだ」

「でも、会ってどうするというの？」

オオカミはにやりと微笑みました。

「俺は、森の中のことには精通している。人間がひとかじりしたら、のたうち回って泡を吹いて死んでしまうキノコがどこに生えているのかも知っている。そいつを細かく砕いて混ぜた生地でお得意のクッキーを焼いて、エレンに食わせてやったらどうだ？」

たしかにそうすれば、おばあさんの復讐は成し遂げることができるでしょう。

「でも、そんなにうまくいくかしら？　エレンがもし毒のクッキーを食べなかったとしたら？」

「そうなったら奥の手さ。森の奥に、もう長らく誰とも口を利かずに隠遁《いんとん》生活をしているバルクというじいさんがいる。あのじいさんは硝石《しょうせき》や硫黄を使って火薬を調合しているんだ。前に聞いた話じゃ、ワインボトル一本で、お屋敷一つぶっ飛ぶほどの火薬を作ったらしいぜ」

かくして毒入りのクッキーと、火薬入りのワインを手に入れた赤ずきんは、シュペンハーゲンへの旅に出発したのです。数々の妙な事件が待ち受けていることなど、まだ知るはずもありませんでした。

## 5.

エレンはヴァイキング姿の秘書兼用心棒、バドレイを引き連れて、ヨルムンから聞いたウォーデンセという町へ向かいました。

道中の馬車の中で、買ってこさせたアンデルセンの絵本をエレンは読みました。みにくいアヒルの子、裸の王様、すずの兵隊、親指姫、人魚姫、赤い靴……楽しかったり、悲しかったり、怖かったり……。本を読んで心を揺さぶられたのは初めてのことでした。

この人になら任せられる。エレンは確信しました。

九歳までのみじめな生活をばねに、わずか十三歳で大金持ちになった伝説。これを世界中に知らしめることができれば、マッチで世界を征服するのも数年のうちのことになるでしょう。

ウォーデンセへたどり着くと、すぐさまエレンは、アンデルセンの家へ行きました。ところがアンデルセンは不在でした。近所の人に訊ねると、恐ろしい病気をこじらせて、少し離れた病院に入院しているというのです。エレンはさっそく馬車を病院に走らせました。

「――あなたが、エレンさんですか」

病床のアンデルセンは、目を細めてエレンを迎えました。〈エレンのマッチ〉の名声は、ウォーデンセにまで轟《とどろ》いていたのです。それにしても、ベッドに横たわるアンデルセンの、なんと弱々しいことでしょう。頬はこけ手も痩せ細り、まるでろうそくのように真っ白なのです。

「アンデルセンさん。今日はあなたにお願いがあって、はるばるシュペンハーゲンからやってきたの。私の半生をあなたに書いてほしいの。世界の誰もが、エレンって素晴らしい成功者だわと思えるような、そんな物語を」

「わ、私にそんなことは……」

「あなたにはできる。いや、あなたにしかできないでしょう」

エレンはバドレイに命じ、渋るアンデルセンの毛布の上に大金を積ませました。そして、何時間にもわたるしつこい説得の末、無理やりエレンの物語を書くことを承諾させたのでした。

ごほごほと咳き込むアンデルセンの前で、エレンは、自分がいかにしてマッチの質を向上させ、今のような大きな会社を築き上げたのか滔々《とうとう》と語りました。もちろん、ガルヘンの家に放火したことや、松林を強引に手に入れたことなど、聞こえの悪そうなことはすべて省きました。

「どう？　作家のあなたにとっては、面白い人生でしょう？」

「え、ええ。大変貴重なお話を聴かせていただきました」

ごほごほと、アンデルセンはせき込みました。

「しかし、私には……」

「経営のことで早々にシュペンハーゲンに帰りたいの」

「はあ」

「だから、三日で書き上げてね」

一方的にそう言い残し、エレンはバドレイを連れて病室を立ち去りました。

三日後、ホテルに泊まっているエレンのもとに、アンデルセンから封筒が届きました。中には絵入りの原稿が入っていて、そのまま出版社に持ち込めば絵本になりそうなものでした。はやる気持ちを抑えてそれを読み――、エレンは、愕然としました。

エレンをモデルにしたマッチ売りの少女はたしかに、あのクリスマスイブの夜に、幸せな家族の窓の外で、家族や、ツリーや、ケーキをマッチの火の中に見ていました。ところが、そのひもじさ、空《むな》しさ、悔しさの中で、誰も見たこともない大金を手に入れてやると誓ったことや、その後の見事な経営手腕については一行も書かれていないのです。それどころか、マッチ売りの少女は、あのクリスマスイブの翌朝、凍え死んでいるところを発見されるという悲劇的な最期で終わっているのでした！

エレンの中に、失望と怒りの炎が燃え上がりました。すぐに馬車を飛ばし、病院へ行きました。

アンデルセンの病室はもぬけの空でした。代わりに待っていたのは、担当医師でした。

「アンデルセンさんは転院しました。エレンさんにはこれを、と」

医師が手渡してきたのは、一通の手紙でした。

――私の書けるのはここまでです。あなたのように、お金儲けを人生の中心とする人の話は、子どもには読ませられません。どうかあなたが、清い心をお持ちになられますように。

「……反吐《へど》が出るわ」

エレンはつぶやきました。

「私の成功物語こそ、子どもたちに読ませるべきじゃない」

何百万人の読者に支持されていたって、しょせん童話作家など、心が弱いロマンチストにすぎないのです。

「やつは、どこに転院したんだ！」

バドレイが大声をあげます。

「そ、それはお答えできかねます」

「お前、この病院を焼き払われてもいいんだな？」

「な、なにをおっしゃいますか」

「もういいわ、バドレイ」

エレンは静かな声で部下の乱暴を止めました。そして、恐怖におののいている医師の目の前で、アンデルセンからの手紙を破り捨てたのです。

「こんな作家に頼んだのが間違いだったわ。ああ、時間を無駄にした。さっさとシュペンハーゲンに帰って、経営戦略会議を開きましょう。世界中のお金たちが、私の手の中に入ることを待ち望んでいるもの」

シュペンハーゲンでエレンを待っていたのは、予想外のことでした。二百人からなる市民団体が要請に来ていたのです。

〈エレンのマッチ〉の不思議な力が知られるにつれ、世の中に、マッチの夢にかまけて仕事や勉強をほっぽり出す人間が多く現れていました。中には食事もとらず、排泄物は垂れ流してもお構いなし、一日中部屋にこもってマッチを擦り続けている者もいるとのことです。

エレンの工場へ押しかけてきた団体は、そういった「マッチ廃人」の家族や友人たちでした。これ以上、妄想を目の前に映す悪魔的なマッチを市場に出さないでほしい――彼らの訴えはそういう内容だったのです。

エレンは彼らの前に出て説明をすることにし、日時と会場を設定しました。

説明会の日、微笑む金髪の少女の顔がでかでかと描かれた幕が張られた会場には、溢れんばかりの群衆が集まりました。開始予定時刻を十五分ほど過ぎても、エレンは姿を現しません。群衆たちがそわそわしはじめ、やがて怒号も聞こえはじめたころ、ようやくエレンは登場しました。幕の前に設えられた台に上ると、静まる群衆を見回し、彼女は開口一番、こう言ったのです。

「あなたたちの家族や友人がどうなろうと、知ったことではないわ」

群衆たちは凍り付きました。エレンは続けます。

「たとえば、世の中のどんな病気でも治してしまう素晴らしい病院ができるとしましょう。その病院の建設のために、そこにもともとあったアリの巣が潰されてしまうとして、誰かとがめる人がいるかしら」

整然としたエレンの口調に、誰も何も言い返しません。

「多くの人が便利だと思うものの前では、小さな犠牲になんて誰も気を払わない。それでいいのよ。そうやって人間は進歩してきたんだもの。あなたたちの残念な家族や友人は、いわばそのアりよね」

「ふざけるなっ！」

「ふざけているのはどちら？　よく火がついて素敵な夢を見られるマッチと、自分を律する術を知らずに転落する薄汚い弱者。より多くの人を幸せにするのは、どちらだと思うの？」

「黙れ！」

「この、悪魔めっ！」

群衆に紛れていた喧嘩っ早い若者たちが何人かが、怒声をあげながらエレンに襲いかかろうとしました。エレンは顔色一つ変えず、手をパチンと叩きました。

とたんに、幕の後ろから槍やさすまたを携《たずさ》えたヴァイキングの恰好をした男たちが飛び出してきて、若者たちを残らず取り押さえたのです。自分が要人になったことを自覚していたエレンは、私設の兵隊まで整えていたのでした。バドレイにその責任者を任せたので、ヴァイキングの恰好になるのは当たり前のことでした。

「牢獄も用意しなきゃいけないわね」

その日、エレンはマッチ工場の社長室に戻ってそう考えました。

「バドレイ。一流の建築家を呼んでちょうだい」

「しかしエレンさん。宣伝のこと、販路拡大のこと、新商品の開発のこと、やらなければならないことはたくさんあります。牢獄の建築などに時間を割いている場合ではありません」

「そうね。では牢獄のことはトビアスに任せましょう」

トビアスというのは、マッチ工場に古くからいる年老いた工員ですが、最近すっかり体力がなくなり、手も震えているために、マッチ製作の現場では役に立たなくなっているのです。ただ、工員仲間からは人望があり、クビにすれば工員たちの反発を買うのは目に見えているので、もて余していたのでした。

「ありがたいことですじゃ……」

呼び出され、突然に大役を任されたよぼよぼのトビアスは、歯の抜けた口をふがふがさせながら、涙ぐみました。

「港に、持ち主のいなくなった倉庫がありますじゃ。その土地を買って倉庫を解体し、牢獄を作るのがいいですじゃ」

「さすがトビアス。いいアイディアね。私はほかにやることがいっぱいあるから、あなたとバドレイが決めた建築家にすべて任せるわ」

三日後、エレンとトビアスの前に建築家がやってきました。口ひげを時計の針のように油でぴんとさせ、水色の背広を着た彼は、名をアルビンといいました。

「あなたに、とっておきの頼みがあるの。堅固な牢獄を建設してくれないかしら」

「牢獄ですか、面白い」

口ひげの先をよじるようにしながら、アルビンは気取って言いました。

「それで、どういった牢獄をお望みですか?」

「脱獄不可能な牢獄よ。それに、〈エレンのマッチ〉らしさがあればなおいいわ」

アルビンに、商品のマッチを手渡しながらエレンは言いました。

「収容者たちに希望の光を与えるように見せかけて、それを一気にふっ、と消して絶望の闇にする、みたいなイメージよ」

手渡されたマッチ箱をしげしげと見つめるアルビン。やがて箱からマッチを一本取り出し、

「お任せください」と片方の眉をぴくりと上げました。

牢獄建設はすぐに着工されましたが、エレンは事業拡大のために忙しくなってしまったので、その過程を見ることはありませんでした。

牢獄関係の事務的なことはすべてよぼよぼのトビアスに任せっきり。アルビンが雇った作業員の中に、エレンを抹殺しようと企む男が紛れ込んでいて兵隊に捕らえられるという事件がありましたが、その男が北の森の伐採場に送られたあとにさらりと報告を受けたくらいでした。

牢獄の建設が完了したのは三か月半後。その直前にトビアスは病気で死んでしまいましたが、エレンはそんなことに構っていられませんでした。牢獄が完成したときには、発注したことすらすっかり忘れていたくらいでした。

ただでさえ多忙なエレンに、大変なことが降りかかっていたからです。

「エレンさん、陛下の使者が面会に来ています」

ある日、バドレイがそう言ってきました。

「えっ？　誰の使者ですって？」

「デンマーク国王、フレゼリク陛下の使者です」

エレンは飛び上がりました。ついに陛下がエレンに注目したのです。他の仕事を放っておいて、エレンはすぐに面会することにしました。

ところが、使者は面会室に通されるなり、

「陛下は、あなたのやり方に大変ご機嫌を損ねていらっしゃる」

こう言い放ち、一枚の書類をエレンに突き付けてきたのです。

そこには、エレンがヴァイキングの兵隊を使って反対する者を勝手に捕まえていることについて書かれていました。この国には、国王の兵隊の他に兵隊はいらぬ。即刻、解散させるように。さもなくば、今後一切、国内で商売することを禁ず、ということでした。

ここまで書かれては、さすがのエレンも引き下がるしかありません。使者の持っていた、「今後一切兵隊を組織しない。した場合は懲罰を受ける」という誓約書にやむなくサインをしたのです。

「どうしましょう、エレンさん」

使者が帰った後、バドレイが弱気な顔で訊きました。

「我々に盾突こうとするマッチ廃人の関係者は、このシュペンハーゲンにまだ大勢潜伏していま す。武力がないとなると、やつらをどう抑えたらいいのか」

「手はあるでしょう。連中の動きを探って、暴動を起こす前に行動を抑えるのよ」

「どうやって?」

「探偵を雇って、そういう動きがないか探らせるの。お金に糸目はつけないわ。バドレイ、さっそく、私に協力してくれる探偵を探してきて」

## 6.

波の向こうに、おもちゃ箱を並べたようなカラフルな町が近づいてきます。

「あれが、シュペンハーゲンだよ」

舟をこぐ漁師さんがのんびりとした口調で言いました。強い海風で頭のずきんが飛んでしまわないように押さえながら、赤ずきんはその町を眺めました。

長い旅の末、ついにたどり着いたのです。憎きエレンのイメージと、可愛らしい建物の数々とのギャップに、赤ずきんは戸惑いました。

「海に面している建物はみんな、お菓子屋さんか何かなの？」

「冗談言っちゃいけないよ」漁師さんは笑います。「シュペンハーゲンは貿易港。あれはみんな倉庫さ」

港の倉庫がこんなにカラフルだなんて、赤ずきんは想像したこともありませんでした。

と、そんな倉庫群の中、黄色い倉庫とピンクの倉庫の間に、ひときわ異彩を放つ、真っ黒な三階建ての建物があるのが目に留まりました。横長で、周囲と調和を保つ気もなさそうな、まるでそこだけ古色蒼然《こしょくそうぜん》とした中世が訪れたような雰囲気です。建物の上ににょきにょきと二本出ている金属製の棒が、やけに不気味でした。

「あれも、倉庫？」

赤ずきんの質問に、漁師さんの顔は一気に険しくなります。

「あれは、牢獄さ。国が作ったものじゃなく、マッチ会社のエレンが作った、私設のな」

その名に、赤ずきんはドキリとしました。

「わずか十三歳にして会社をあれだけ成功させたエレンには、敵も多い。彼女は歯向かう者を手下に捕まえさせて、あそこにぶち込んでるんだ」

そういえば、建物の上の二本の棒はどことなく、マッチ棒に見えなくもありません。やはり一筋縄ではいかない相手のようです。

「エレンは町でえらい人気だが、俺は気に入らないね。あいつには嫌な思いをさせられたから」

漁師さんは牢獄を見据えながら言いました。

「嫌な思い？」

「ああ。かくいう俺も少し前まで〈セントエルモの火〉っていう、シュペンハーゲンで一番のマッチ会社に勤めていたんだ。だが会社は〈エレンのマッチ〉との競争に破れ、買収されちまった。それと同時に、クビを切られたってわけさ。今じゃこうして、貧乏漁師だ」

煙草をくわえ、マッチにシュッと火をつけます。煙を吐き出したあとで、漁師さんはマッチの箱を赤ずきんに見せました。〈セントエルモの火〉と書いてありました。

「やめるときに根こそぎ持ち出した在庫だよ。ささやかな抵抗ってやつさ。〈エレンのマッチ〉で見る夢なんて、まやかしだ」

「賢いと思うわ」

「そうかい。一つ、持ってきな」

漁師さんが投げてよこしたマッチ箱を受け取り、赤ずきんは身を引き締めました。

港に着き、漁師さんにお礼を言って別れると、赤ずきんはさっそく、シュペンハーゲンの町を散策してみました。するとすぐに、〈エレンのマッチ・第三地区直営店〉と書かれた大きな看板が目に留まりました。金髪碧眼の少女が微笑んでいます。

赤ずきんは、ちょうど店から出てきたおばあさんに声をかけました。

「おばあさん、〈エレンのマッチ〉はこの町でそんなに人気があるの？」

「そりゃあんた、あのマッチのおかげでこの町は有名になったんだからね」

当然、というようにおばあさんは答えます。

「町にもたくさん寄付をしてくれているんだよ。この道も、向こうの川にかかる橋も、みんなエレンが作ってくれたようなものさ。悪く言う人もいるけど、大した女の子だと思うよ」

やはり漁師さんの言ったように、エレンは人気があるようです。しかし、町を歩きながら聞き込みを進めていきますと、すぐにエレンによくない感情を持つ人にも出会えました。

「あいつのせいで俺の弟はとんでもないことになった」

酒屋の前で木箱に腰かけ、一人で飲んだくれていた赤ら顔のおじさんは、半分絡むようにして赤ずきんに言いました。その足元には空になったワインの瓶が十本以上も転がっています。

「俺の弟は漁師だが、今年は不漁で、毎日のパンを買うのにも困っていた。俺の顔を見るたびに金を無心し、『いつか船が沈むくらいのカレイが獲れればなあ』とぼやいていたんだが、ひと月前から姿が見えなくなった」

ぐびりと、ワインを一口あおりました。

「漁が好調になったという噂も聞かねえし、金が入ったとも思えねえ。不思議に思った俺は、弟の家を訪ねてみた。するとどうだ、あいつは部屋を閉め切って、マッチを擦っては、いひひ、いひひと笑っているのさ。目は落ちくぼんで、髪はフケだらけ。口からはよだれを垂らしてな。俺はマッチを取り上げ、もう擦るなと言い含め、あいつも約束してくれた。だが、それから二日と経たねえうちにまたマッチを買い求めた」

おばあさんと一緒だわと赤ずきんは思いました。結局その弟さんは、今、彼の家の屋根裏に閉じ込められ、禁断症状と闘っているそうなのです。

「あんたも、〈エレンのマッチ〉の被害者か？」男の人は人目を憚《はばか》るように訊ねました。赤ずきんの言動から悟ったようです。赤ずきんは小さくうなずきます。

「それなら、反エレン組織の連中の集まる宿を紹介しよう。同志と出会えるはずさ」

連れていかれたのは、意外にも、町の中心の大きなホテルでした。

その〈つばめホテル〉のフロントには立派な紳士や淑女、お金持ちの商人らしき人が行き交っていて、とても不穏な組織が集まるような場所に見えません。赤ら顔の男の人は、赤ずきんのために一部屋取ってくれると、「迎えは夜に来るはずだから」と言い残し、去っていきました。

赤ずきんは、四階の角部屋に通されました。一人用のベッドと書き物机くらいしかない、小さな部屋でした。空気がこもっている気がして窓を開けると、広場の様子が一望できました。談笑するご婦人たち、犬を連れた少年……、知らない町の生活の息遣いがそこにはあり、赤ずきんはしばし、旅情に浸ってしまいました。これが普通の旅だったら、どんなに素敵なことだったでしょう。

少し疲れたので迎えが来るまで休みましょう、と、赤ずきんはベッドに横になりました。

目を閉じた赤ずきんの耳に、ぷーんという音が聞こえました。開いている窓から、虫が入ってきたのかもしれません。

＊

部屋のドアがノックされたのは、夜の九時を回った頃でした。

ドアの外に立っていたのは、ホテルの従業員です。

「お客様。当ホテルの会員制レストランへご案内いたしましょう」

声を潜めて言うその姿に、反エレン組織の会合への誘いだと、赤ずきんはすぐにわかりました。

バスケットを持ち、彼の後についていきます。

ホテル二階の突き当りにある無人の客室に入ると、彼は飾り棚の上の燭台を動かしました。ずずずと音がして飾り棚全体が動き、隠し階段が現れました。下のほうからはすでに、がやがやと声がしています。

階段を下りていくと、そこは、港の倉庫のような殺風景な部屋でした。壁際のテーブルにはお酒や料理が用意されていましたが、誰も手をつけようとはしません。一同の前には、木箱を並べて作った小さな舞台があり、その上で、一人の女の人が涙を流しながら何かを訴えていました。

従業員は静かにお辞儀をすると、また階段を上がっていきました。

女の人の話に耳を傾けます。彼女のお母さんが〈エレンのマッチ〉によって廃人同然になってしまったという話でした。

そのあともかわるがわる、舞台に上がっては、自分の知り合いの話をするのです。聴衆たちはその都度、〈エレンのマッチ〉をこれ以上売らせてはいけない。エレンを捕えるべきだ、などと気勢を上げるのでした。

そうしている間に、赤ずきん以外の参加者は全員、演説を終えてしまいました。

「君も何か訴えることがあるかい？」

隣に座っていた青年が優しく訊いてきました。色白でハンサムな彼の目に、期待の色が見えました。

赤ずきんはすっくと立ち上がり、みんなの前に出ました。

「私は、エレンを殺すためにこのシュペンハーゲンへやってきたの」

けっして穏やかとはいえない言葉を放った赤ずきんに、聴衆たちは驚きました。

赤ずきんはおばあさんがマッチ依存症になり、無気力になった末に命を落としたいきさつと、復讐を誓ってはるばる旅をしてきたことを語りました。語っているうちに熱がこもり、聴衆たちにも赤ずきんの本気が伝わったようでした。

「しかし、殺すったって、どうやるんだ？」

最前列に座っていた、頬に傷のある男の人が訊ねます。赤ずきんはバスケットの中からクッキーを取り出しました。

「これは、一口かじれば死んでしまう毒入りクッキーよ。私は、エレンにあこがれ、同じように会社を興すことを夢見る少女だと偽ってエレンに近づくつもり。そして、贈り物だと言って、これをエレンに食べさせるわ。大人がクッキーを持って行ったら怪しまれるかもしれないけれど、私みたいな年齢の女の子にあこがれられていると知ったら、気をよくしてクッキーを食べてしまうんじゃないかしら」

おお……と、聴衆からは拍手が起こります。しかし、お母さんがマッチ依存になってしまったというあの女の人は納得いかないようでした。

「エレンはとても用心深いと聞くわ。あなたなら近づくことはできるかもしれないけれど、クッキーを食べるかどうか……」

「食べなかったときは、強硬手段よ」

赤ずきんはバスケットの中から、ワインの瓶を取り出しました。

「この中には、特別に調合された火薬が入っているの。投げ付けて割れれば、このホテルが吹き飛ぶくらいの大爆発を起こすわ」

すごい！　と聴衆の間から声が湧きました。さっきの女の人も、それならと納得しています。

「いつそれを実行するんだ？」

せっつくように、頰傷の男が訊きました。

「早いうちがいいわ。明日よ」

赤ずきんの言葉に勇気づけられるように、聴衆たちは興奮しました。

そうなると酒盛りです。みんなは赤ずきんを激励し、酒を勧めましたが、赤ずきんは飲めません。

「これなら飲めるよ」

酔って赤ずきんそっちのけで騒いでいる一同を横目に、さっきのハンサムな青年が薄桃色の液体の入ったグラスを赤ずきんに手渡しました。口にすると、ほんのりと甘酸っぱい味がしました。

「さくらんぼのカクテル。お酒は入ってないよ」

微笑む彼の顔に赤ずきんはぼーっとしてしまいました。年齢は赤ずきんより少し上くらいでしょう。この人、私のことを気に入ったのかしらとあらぬことを考え、いけないいけないと自分を戒《いまし》めます。

この旅の目的はあくまでも、エレンへの復讐。男の人に気を取られている暇などないのです。赤ずきんは頭の中から彼を追い出すべく、ぐいっとそれを飲み干しました。

「もう一杯、どうかな」

彼は勧めてきます。まあ、ちょっとなら……と、赤ずきんはつい、おかわりをもらいました。

覚えていたのは、そのグラスに口をつけたところまででした。

＊

はっ、と目が覚めると赤ずきんは、冷たい場所に仰向けになっていました。暗く、かび臭いその空間は、明らかにあの地下室とは違い、もちろんホテルの部屋でもありません。真っ暗で周囲は見えませんでした。

半身を起こしたところで、

——シュッ。

左のほうが明るくなりました。

「目が覚めたようだね」

オレンジ色の明かりの中、あの色白のハンサムな青年が笑顔を浮かべていました。しかし、変です。赤ずきんと青年の間には、何本もの鉄の棒が並んでいるのです。それに隣には、ヴァイキングの恰好をした、見たこともない男が一人、立っているのでした。

「ここは、どこ？」

「エレンさんの牢獄さ」

青年は、これ以上楽しいことはないというように答えました。

「……どういうこと？」

「思ったより勘が悪いね。僕はセンリ。エレンさんに雇われた探偵なんだ。身分を隠して情報を集め、〈つばめホテル〉の地下に、エレンさんのマッチの販売を阻止しようとする連中が集まっていることを突き止めた。僕も同志のふりをして潜入したっていうわけさ」

皆が演説に夢中になっている隙に、置いてあった飲み物や料理にことごとく眠り薬を入れておいた、と彼は語りました。

「君たちは驚くほど簡単に眠ってしまった。そのあとは計画通り、エレンさんの工場の従業員たちを招き入れ、一網打尽にしたってわけだよ。他の連中は一つ下の階の大人数用の牢屋にまとめて収容しているが、君だけはエレンさんが会いたいかと思って、こっちに収容したよ」

特別扱いなんだよ。そう笑いながら、センリは新しいマッチをシュッと擦りました。また、彼の周りだけが明るくなりました。彼はマッチをヴァイキングの男に渡すと、脇に抱えていた書類に目を落としました。

「実を言うと、君については各地に放った仲間から報告が来ていたんだ。クレール・ドゥ・リュヌ、マイフェン、グーテンシュラーフ。各地で奇妙な事件を次々と解決しながら、シュペンハーゲンに向かっている、赤いずきんの女の子がいるってね。そんな報告を聞いて、何かあるなと思わないわけにはいかないよ」

「報告……って……」

「僕は探偵だって言ったろう？　探偵は情報が命さ。最近は物騒で、エレンさんを殺そうとする人間が国外からもやってくる。事前にそれを防ぐのが、僕の役目だよ。……実のところ、君はとても頭がいいと身構えていたが、まさか、潜入していたあの会合で出会えるとは思っていなかったよ」

ははは、とセンリは笑いました。

「君たちみたいに、エレンさんを殺そうとする人間はみな、一度ここに収容されるんだ。その後どうなったかは知らないけれど、噂じゃ、北に百キロほど行った森で、マッチの軸になる木の伐採をさせられているそうだよ」

センリは笑いながら首を振ります。

「寒いだろうなあ……」

「私も、そこに？」

「朝まで頭を冷やして、エレンさんに謝ってみることだね。万に一つは許される可能性が残っているかもしれない」

赤ずきんの前にマッチ箱が投げられます。

「君は〈エレンのマッチ〉を使ったことがないんだろう？　実際、このマッチの素晴らしさを知ったら、エレンさんを殺すということがどれほど馬鹿げたことかわかるはずさ。使い方は……今さら、説明するまでもないね」

センリは立ち上がると、最後にまたニヤリと笑いました。

「それじゃあ、よい夢を」

ふっ、と火が吹き消され、再び世界は闇になります。コツコツと、センリとヴァイキングの男の足音が遠ざかっていきました。

暗闇の中の時間は、早く過ぎるのか遅く過ぎるのかわかりません。しばらくじっとしていた赤ずきんですが、意を決してマッチ箱を拾いました。そしてマッチを一本取り出し、シュッ、と擦ってみました。

たしかに明るい光です。それで周囲を照らすと、自分が入れられている牢屋の様子がわかりました。しかしやはり、不安なことには変わりません。

北の森で、木の伐採をしている自分を想像しました。そんな運命をたどるわけにはいきません。しかし、今の状況は……。マッチの炎は弱くなっていきます。赤ずきんはもう一本取り出し、火をつけます。

――シュッ！

## 7.

「へぇー、私を殺しにわざわざ南のほうからねえ……」

エレンは、センリの報告書に目を通していました。

午後十一時を回っていますが、まだ頭は冴えています。机の上には、その少女が持っていたというバスケットがありました。毒入りのクッキーに、火薬入りのワインボトル。とんでもなく幼稚でくだらない代物です。

「それで、その赤ずきんは、今、どうしているの？」

「わかりません。僕の話に驚いてはいたみたいですが。今ごろ、ようやく絶望を感じているのかもしれませんね」

「ふーん」

エレンの最も憎む人間は、生まれつきそこそこ恵まれている者たちです。そういう者たちは努力しなくてもそこそこの収入を得る仕事に就けるため、がむしゃらな努力をしたことがないのです。路地で凍えた経験もなく、その日を生きるのに不安を感じたこともない。大した努力もしないくせに、必死で働いて富を得た者を妬み、憎み、引きずり降ろそうとするのです。

赤ずきんの話を初めて聞いた時は、どうせそういう浅ましくてつまらない、マッチの燃えカスほども価値のない者の一人だろうと思ったのですが、報告書を読んでいるうちに、少しばかり興味が湧いてきました。旅の道々、彼女が遭遇した事件というのは、なかなか難解なものばかりだったようです。それらを解決してきたということは、非凡な才能ではありませんか。

「ちょっと、会ってみようかしら」

「エレンさんが、ですか？」

「ええ。会ってみたいわ。……そういえば私、あの死んだトビアスと、アルビンとかいう建築家に任せっきりで、まだ牢獄に行ったことがないもの」

エレンは机の上にあったマッチを一箱つかむと、センリに案内を命じました。

〈アザラシ海運〉という、夜の街灯の下でも真っ青なことがわかる倉庫のすぐ右に、周囲の倉庫とは明らかに異なる、黒い石造りの建物がありました。

「怖い建物ね。こんなところに収容されるなんて、考えただけで震えてしまう」

「あなたが造らせたんですよ」

センリとバドレイは笑い、エレンを案内しました。

出入り口を入ってすぐのところに看守室があり、エレンが入っていくと、三人の看守が慌てて立ち上がりました。

「エレンさん！　こんな時間にどうしたんですか？」

「赤ずきんという子に会いに来たのよ」

「はっ。そうでしたか。どうぞ、こちらへ」

看守長自らランタンに火を入れ、三階の赤ずきんの牢屋へと案内します。

一階は看守室だけで、牢屋は、二階と三階にあるようです（そんなことすら、エレンは知らないのでした）。

赤ずきんはその、三階の牢屋に、一人で収容されていました。

二十人は収容できそうな広い牢。海に面した奥の壁に、手のひら二つ分くらいのわずかな明かり取りの窓があるきりで、とても暗いのでした。

その中央に、赤いずきんを被った女の子がちょこんと座っていました。

「初めまして、赤ずきんちゃん」

エレンは声をかけました。

「誰？」

「あなたが、とても会いたかった相手よ」

「エレン……？」

「そうよ、赤ずきん」

エレンは片手をひょいと上げました。バスケットを携えたバドレイがやってきました。

「あっ、それ」

「あなたのバスケットよ。入っているのは、毒入りのクッキーと、火薬の詰まった危険なワインボトル」

「返して！」

赤ずきんが鉄の棒の間から手を伸ばしますが、バスケットには届きません。エレンは、いよいよ楽しくなりました。年齢はエレンより少し年上でしょう。でも、富と力では、断然、エレンのほうが上です。

「残念だったわね、赤ずきん。あなた、私に復讐をしに来たのでしょう」

「あなたは、多くの人を不幸にしているわ。あのマッチを売るのはもうやめて！」

赤ずきんの悔しそうな顔がたまりません。――こういう相手を、心から征服してこその権力だわ。

「さあ、はじめましょう」

エレンは赤ずきんの牢屋に入り、マッチ箱を取り出します。その中からマッチを一本抜き出すと、箱の側薬《そくやく》につけました。

「私たちの、物語を」

――シュッ！

8.

赤ずきんは、砂浜にいました。

青い波が広がり、ぽかぽかと気持ちのいい陽光が差しています。遠くで潮を噴いているのはクジラでしょうか。そして、彼女のそばには、金髪碧眼のエレンがちょこんと座り、はるかかなたの水平線を眺めていました。

「南の島の海よ。気持ちのいい景色ね」

エレンが口を開くとともに、潮風が吹き、その美しい金髪を撫でるように過ぎていきます。

「シュペンハーゲンの寒い海とは、まるで違うわ」

「ここは……」

「わかってるでしょう」

エレンは赤ずきんのほうに顔を向けます。その手には、火のついたマッチが一本ありました。

「おばあさんのことは、残念だったわね。センリから聞いたわ」

その一言で、赤ずきんはすべてを思い出しました。

目の前にいるのは憎き仇、マッチ売りの少女、エレンです。せっかく相対することができたのに、毒入りクッキーも爆弾ワインボトルもありません。

こうなれば、直接訴えかけるしかないでしょう。

「エレン、あなたのマッチは、害悪よ。私はどうなってもいいけれど、マッチを売るのはもうやめて」

「それはできないわ」

赤ずきんの訴えに、エレンはすげなく首を振ります。

「私は何も悪いことはしていないもの。心に願ったものを目の前に映し出すマッチなんて、素晴らしいじゃない。それを多用して廃人同然になってしまうのは、その人の心が弱かっただけのこと。心を強く持っていれば、現実をしっかり見つめて生きていけるもの」

「人間は心が弱いものなの」

「そこを利用できるのが強い人間よ。弱い人間がその弱さゆえに私のマッチをたくさん買ってくれる。私はそれでまた事業を拡大できる。町に寄付をして、みんな笑顔になる」

「そのために、悲しんでいる人もたくさんいるわ」

「怠惰《たいだ》な人間はすぐそう言うわ。自分は何の努力もしないくせに成功者を妬《ねた》み、逆恨みするのよ。

努力よりも逆恨みのほうがずっと楽ですものね」

エレンはふふ、と笑いました。

「もういいじゃない。善悪の話なんて結論も出ないうえにつまらないわ。それより、あなた、私に協力しない？」

「協力？」

「ええ。私、本格的に南に販路を広げようと思っているの。そのために、支社を作るつもりよ。あなたの故郷に支社を作って、そこの支社長として私のマッチを売ってくれないかしら」

赤ずきんは驚きました。とんでもないことを言い出す少女です。

「年は私より少し上だろうけど、あなたもまだ『少女』と言って差し支えない年齢だわ。〈エレンのマッチ〉は少女が売るからいいのよ。成功した暁《あかつき》には、二人で旅に出て、本物の南の海を楽しみましょうよ」

「いやよ」

赤ずきんは拒みます。

「おばあさんの命を奪ったマッチを売るなんて、絶対に嫌」

「さっきも言ったけれど、あなたのおばあさんは心が弱かっただけで……」

「何を言われても、協力なんかしないわ！　あなたは悪魔よ。人間の弱さにつけこんで私腹を肥やす、悪魔よ」

沈黙。

ざーっ、ざーっ――絵の具で塗ったような青空の下、波だけが音を立てています。エレンはじっと赤ずきんの顔を見ていましたが、やがて「いいわ」と立ち上がりました。

「それがあなたの答えね。後悔しても遅いわ」

「後悔なんてしない」

「あなたに何ができるというの？」

蔑むような目を赤ずきんに向けたまま、エレンはふっ、とマッチの火を吹き消しました。

あたりは一瞬にして暗くなります。

赤ずきんの目がその闇に慣れたころ、牢屋の向こうの階段を、エレンが下りていくのが見えました。

9.

牢獄を訪れた翌日の午前九時すぎ。

エレンは工場の中の研究室で、たくさんのガラス器具を前に、ヨルムンと話し合っていました。現在、一本のマッチの燃焼時間はほぼ二分ほどなのですが、これをもっと長くできないかという話し合いでした。ヨルムンは試験管をふりふり、努力はしているんですがねえ……と浮かない返事をしています。

エレンは、経営手腕に優れていますが、化学のことはまったくちんぷんかんぷんですので、火薬のことになるとこの男に頼らなければならないのです。ところがヨルムンはいつでものらりくらりと返答するので、いらいらするのでした。

「まあ、ちょっと休憩にしやしょう。コーヒーでも入れやすから」

ヨルムンはごまかし笑いをしながら、エレンをなだめました。仕方なくエレンは椅子に腰を下ろし、一息つきました。そして、あることを思い出したのです。

「ところでヨルムン。赤ずきんが持っていたワインボトルだけれど、威力はどんなものだったのかしら？」

「ああ、ははは」

ヨルムンは、コーヒーミルのハンドルをがりがりと回しながら笑いました。

「ありゃ、使えやせん。割れたとたんに爆発する、簡易的な爆弾をイメージしたんでしょうが、あんな火薬じゃ、せいぜい火花がぽんと出る程度でしょう。子どもだましどころか、赤ちゃんだましですや」

「そうだったの」

エレンもふふ、と笑いました。昨晩マッチで遊んでやった、赤ずきんの顔を思い出します。あんな生意気なことを言ったくせに、後生大事にしていた武器も使い物にならなかったなんて、哀れでしかたがありません。

美青年探偵センリの活躍で共に連行してきた者たちと一緒に、北の森へ送ってしまうのがよさそうです。エレンは実際に足を運んではいませんが、冬にはびゅうびゅうと雪嵐の吹き荒れる森は、シュペンハーゲンよりもさらに寒いことでしょう。

「エレンさん！」

研究室のドアが乱暴に開いたのはそのときでした。入ってきたのは、センリでした。ハンサムな顔が蒼白になっています。

「赤ずきんが、牢獄から消えました」

一瞬、何を言われているのかわかりませんでした。

「なんですって？」

「赤ずきんだけではありません。一緒に連行した、他の二十人もいないんです」

牢獄は、工場から馬車で五分ほどの距離にあります。エレンが駆け付けて中に入ると、看守長が青い顔をしていました。

「赤ずきんたちが、逃げたですって？」

「ええ……ああ……、おお……」

五十を過ぎたその看守長は、ただそれだけの言葉しか発せられないようでした。

「しっかりして！」

「す、すみません。今朝の六時までは、ちゃんといたはずなのですが」

この牢獄では、見回りの時間が三時間ごとにあります。午前零時、三時、六時、九時、正午、午後三時、午後六時、午後九時です。今朝六時、看守長自らが見回った時には、二階の二十人の収容者たちも、三階の赤ずきんも、ぐっすり眠っていたとのことでした。ところが先ほど、午前九時の見回りに別の看守が行ったときには、二階の牢屋も三階の牢屋ももぬけの殻だったというのです。

「とにかく、案内しなさい」

「は、はい。ケーヒル君！」

二十歳そこそこの看守が、弾かれたように立ち上がります。彼が午前九時の見回りを担当した看守だそうです。

彼のあとを、エレン、センリ、バドレイの順で続きます。たしかに二階の牢屋には誰もいません。続いて三階。昨日、赤ずきんと向かい合っていたその牢屋の中に、彼女の姿はありませんでした。

エレンは牢屋の出入り口につけられている錠前を確認しました。真鍮《しんちゅう》製の頑丈な錠前で、とても手で外せるようなものではありません。

「これの鍵は？」

「はっ、こちらに」ケーヒルが素早く腰の鍵束を外し、ぶら下がっている鍵の一本を錠前に差し込んで回します。ガチャリと重々しい音がして錠前は外れました。

「鍵はこれ一本しかないのね？」

エレンが訊ねると、ケーヒルはうなずきました。

「六時から九時のあいだは確実に、下の看守室の壁に掛けてありました」

この出入り口から外へ出るのは無理だったということです。もし、何らかの方法でこの檻の間をすり抜けたところで、一階の唯一の出入り口から出るには、看守室の前を通らねばならないのです。

エレンは牢屋の中へ入りました。そのとき、何かにつまずきました。

「お気をつけください、エレンさん」

センリが声をかけたときにはすでに、床に手をついていました。振り返ると、牢屋の出入り口のところに段差があり、牢屋の中のほうが廊下より数センチ高くなっているのです。

「大丈夫よ」

エレンは立ち上がり、周りを見回します。きれいさっぱり、何もありません。木製の床には、糸くず一つ落ちていないのです。出入り口から見て左右の壁は黒く塗られた石材の壁です。収容者を圧迫するようなごつごつした石材でした。

エレンは海に面した壁に近づきます。

手のひら二つぶんくらいの大きさの、明かり採りの窓。格子が三本嵌《は》まっており、ガラスなどはなく、潮の香りをのせた寒い海風が入り込んできています。背伸びをしてその窓から外を覗くと、鉛色の波がうねる海がどこまでも広がっていました。

「ここから出たんじゃないかしら」

見守る一同に、エレンは言いました。

「そんなの不可能です。ご覧のように格子の間は拳を通すのも難しいほど狭い。もし格子を外せたとしたって、この窓の大きさじゃ、ネズミの子でもないかぎり、出るのは無理です」

センリが答えますと、

「もし出られたとしたって、三階の高さ。その下は海だ」

バドレイも続きました。

「たとえば、魔法を使って鳥に化けるというのはどうかしら？」

エレンは言いました。

「赤ずきんははるか南のほうから旅をしてきたんでしょう？　海の向こうの森には、いろんな術を使う魔女がいるというわ。もし人間を動物の姿に変えることのできる魔女と赤ずきんが知り合いだったら、ここから逃げ出させることもできるでしょう」

「ええと……」「そ、それは……」

センリとバドレイは顔を見合わせます。

「何をしているの、センリ！　あなたの仕事は探偵でしょ。さっさと、赤ずきんがそういう魔女と知り合いだったかどうかを調べてきなさい！」

「は、はい」

センリは納得がいかない様子でしたが、すぐに階下へ下りていきました。

「それにしても忌々しいわ、赤ずきん。絶対に北の森へと送ってやるから、覚悟しておきなさい」

「あの」

バドレイが口を挟みます。

「何よ」

「ええと……エレンさんが気づいていながらわざと言わないのかと思って黙っていたのですが……」

「だから、何？」

バドレイは、体は本物のヴァイキングのように屈強なのですが、気の弱いところがあり、煮え切らない物言いをするのです。

「言いたいことがあるなら、早く言いなさい！」

「じゃあ、言わせてもらいますが、この牢……」

「エレンさん！」

今度は、階下から看守長が、しっぽに火をつけられた犬のように飛んできました。

「今入った情報です。第四地区にある直営店が、火事に」

「なんですって？」

シュペンハーゲンには、〈エレンのマッチ〉の直営店が十四ありますが、第四地区の店といえば、その中でも最大規模の店でした。

「店からの使者によれば、女が突然、商品の並ぶ台にワインの瓶を投げ付けたんだそうです。ものすごい爆発が起き、店のマッチが一気に燃え上がったとのことです」

「暴動者ね、やってくれるじゃない」

「その暴動者なのですが……エレンさん」

看守長はさっき以上に真っ青な顔をしていました。

「赤いずきんを被っていたそうです」

*

エレンはすぐに馬車を呼び、バドレイを引き連れて第四地区の直売所へ行きました。

火は消し止められていましたが、商品はもうまったく売り物にならないほど黒焦げになっていました。

「赤いずきんを被った女でした。間違いありません。何やらわめきながら、瓶をあの棚に投げたのです。割れたとたんに、火がついて……うう……」

店員の説明に、エレンの怒りは頂点に達しました。赤ずきん……どうやったのかは知りませんが、脱獄したばかりではなく、店を襲うなど。

しかし、火薬入りのワインの瓶は、赤ずきんを捕らえた時に回収したはずです。いったいどこでまた、火薬を手に入れたというのでしょう。

「バドレイ」

エレンは忠実なる秘書兼用心棒に言いました。

「兵隊たちを集めて」

「はい？」

「シュペンハーゲンの町をしらみつぶしに捜索するのよ。匿《かくま》う者がいたら、脅しなさい」

「し、しかし、兵隊を動かすことは、フレゼリク陛下から禁止されています。もしまた兵を組織すれば、懲罰を受けるという誓約書にもサインしたのでは……」

「今のこの状況で、そんなことを言っていられる？」

その落ち着きはらった口調とは裏腹に、エレンは渦巻く憎悪と憤怒の感情を抑えられませんでした。バドレイが背筋をぴんと伸ばします。

「しっ、失礼しました！　早急に！」

駆け出そうとするバドレイを「待って」とエレンは呼び止めました。

「牢獄の看守たちも駆り出しなさい」

「看守たちですか？」

「ええ。誰もいない牢獄を守らせておいてもしょうがないでしょう。一人残らずよ」

「わかりました」

バドレイは駆けていきます。あの女、北の森に送るなんて生ぬるいわ。いっそのこと、火あぶりにしてやる……エレンがそう心に誓ったときです。

「エレンさーん！」

遠くから、血相を変えたセンリが駆けてくるのが見えました。嫌な予感しかしません。

「センリ、あなた、私が命じた調査はどうしたの？」

「それどころじゃありません！」

センリは叫びました。

「第三地区直営店、第五地区直営店もやられました。みんなみんな、赤ずきんの仕業です！」

## 10.

赤ずきんはじっと我慢をしています。

もう、どれくらいこうしているかわかりません。最後にとった食事は、昨晩、〈つばめホテル〉の地下会合で食べたサンドイッチです。まだそんなに時間は経っていないでしょうが、だいぶお腹がすきました。ただ立っているというのも、疲れるものです。

ふと、不安に押しつぶされそうになりました。このまま、誰も助けに来てくれなかったら……ここで餓死して、干からびてしまうかもしれません。

とにかく、信じて待つしかないのです。

これしか、あのエレンというマッチ売りの少女に勝つ策は、ないのですから——。

## 11.

結局その日のうちに、シュペンハーゲンにある十四か所の直営店は、すべて爆弾で襲撃されてしまいました。

どこの直営店にも、赤いずきんを被った者が不意に近づいてきたかと思うと、ワインの瓶を投げ付けたというのです。瓶は割れたとたんにものすごい爆音と閃光を放ち、すぐに商品は燃えてしまったといいます。

エレンは忌々しくてしょうがありませんでした。わざわざ禁を犯して兵隊を再集結させ、動員したというのに、赤ずきんの身柄を押さえるどころか、その足取りすらつかめなかったのです。

以前より目をつけていたマッチ廃人の関係者の家には、すべて兵隊が押しかけて強引に探りましたが、赤ずきんを匿っていた痕跡などまったくありませんでした。それなのに、赤ずきんは直営店に現れ、襲っては消えていくのです。まさに、神出鬼没としか言いようがありません。

夕方になり、エレンはマッチ工場の社長室に戻り、新たな対策を立てることにしました。センリ、ヨルムン、それに古株の工員たちを集め、意見を募りました。シュペンハーゲンの町から赤ずきんを逃さないように、交差点や港などの要所にはヴァイキング姿の兵隊を立たせてあり、バドレイはそちらの指揮に出ていました。

「やっぱり、おかしいですね……」

テーブルの上に広げられたシュペンハーゲンの地図を見ながら唸《うな》ったのは、美青年探偵のセンリでした。地図の上、被害に遭った直営店には赤い目印が置かれています。

「第一地区と第七地区の直営店は、ほぼ同時刻、午後二時すぎに襲われています。ところが、この二つの店舗の間は、どんな俊足の男が走っても、二十分はかかる距離です」

「たしかにそうですや」

ヨルムンが同意しました。

「それから、第八地区と第十地区にもほぼ同時に赤ずきんが現れたとのことです」

「赤ずきんは二人以上いるということですや」

「そんな馬鹿なこと、あるわけないじゃない！」

エレンは二人の会話を遮《さえぎ》るように怒鳴りました。

赤ずきんが二人？　エレンは頭が痛くなりました。あの牢獄から逃げ出したと思ったら、今度は二人……？　昨晩、対峙していたあの少女の顔を思い出しました。

シュペンハーゲンまでの旅の途中で、様々な難事件を解決してきたという赤ずきん。頭がいいと思っていたけれど、ここまで愚弄《ぐろう》されるなんて。

まるでこれは、まるでこれは……

「悪い、夢のようだわ」

そうつぶやいた後で、エレンははっとしました。

「夢！」

「どうしたんでやす？」

ヨルムンが訊ねます。

「わかったわ。これは、夢ね？　今私は、赤ずきんに夢を見せられているのよ」

あたりをきょろきょろしはじめたエレンを、工員たちはきょとんとして見つめます。

「なるほど、私への仕返しというわけ？　私はだまされないわ、赤ずきん。なんて言ったって、それは私のマッチですもの。観念して、今すぐ火を消しなさい！」

「エレンさん、落ち着いてください」

センリがエレンの肩をつかみました。

「これは、現実です」

その顔を見て、エレンは自分の頬を思いきり叩きました。痛みが体中を走ります。こんなに現実を認めたくないことは、今まで、ありませんでした。

しかし、エレンにとっての本当の悪夢は、ここからだったのです。飛び込んできたのは、町の要所を見張っているはずのバドレイでした。

「どうしたの、バドレイ」

「この工場は……赤ずきんたちによって、囲まれました」

＊

シュペンハーゲンの町は、エレンの寄付のおかげですべての道に街灯が整備されています。工場を出たエレンの眼前には、その街灯に照らされた二十人ほどの群衆がいました。たしかに皆、一様に赤いずきんを被っています。しかし、顔は見えません。

その不気味な光景に、エレンは思わず息をのみました。工場の前にいる工員たちも、センリも、何も言わずにただじっとその赤ずきんたちを見ているだけです。ヨルムンなどは、恐怖のせいか松葉杖がガタガタと震えています。

「あなたたちは……何者なの？」

エレンは訊ねました。

二十人以上の、赤ずきん。

ただ、じっと黙って、佇んでいます。

人形か、あるいは亡霊かと思えるほどでしたが、何人かはゆらゆら揺れていて、明らかに生きた人間でした。背の大きさはまちまちで、よく見ると、靴はひとりひとり違うものを履いています。

「ずきんを取りなさい！」

上ずった声で、エレンは命じました。

赤ずきんたちはそれに答える代わりに、ずきんの下から、何かを取り出しました。緑色のワインボトルでした。今日一日、被害に遭った店を見て回った者たちには、中に何が入っているのか、明らかでした。

「私の兵隊たちは？」

エレンはバドレイに訊ねます。

「今、こちらに向かっているはずです」

それにしても、いくら暗い夜の町とはいえ、兵隊はおろか、一般市民も誰も歩いていません。いったい、どうしてしまったのでしょう。

と、広場に通じる通りのほうから、がつっ、がつっ、と重々しく規則正しい足音が響いてきました。

「私の兵隊だわ！」エレンは叫びました。「はやく、こっちへ！」

手を振りましたが、兵隊の足音は急ぐ様子もありません。

「なにやら、おかしくありやせんか？」ヨルムンが言いました。「ありゃ、馬だ」

たしかに。足音に混じって、ぱかり、ぱかりという馬の蹄《ひづめ》の音も聞こえます。エレンの兵隊に騎兵はいないはずです。

やがて、闇の中から兵隊たちが現れました。それを見て、エレンは凍り付きました。

「ぜんたーい、止まれ！」

先頭を行く白馬に乗った立派な身なりの男性が、りりしい声を轟かせます。

赤ずきん集団のすぐ後ろで、その一団は止まりました。

毛並みのいい馬たちと、ピカピカに磨かれた槍と鎧——国王の兵隊です。エレンの兵隊とは比べ物にならないほど立派な装備と規律。全部で二百人はいるでしょう。

「マッチ売りの少女、エレンよ」

白馬の男性が口にしました。その顔を、もちろんエレンは知っていました。デンマーク国王、フレゼリク陛下でした。

「そなたは以前、私設の兵隊を動かすことを禁じる余の命令に恭順することを誓い、誓約書にサインをした。しかし本日再び、そなたは兵隊を動かし、シュペンハーゲンに混乱を巻き起こした」

「ち、ちがいます。赤ずきんたちが私の……」

「口答えをするでない」

フレゼリク陛下はぴしゃりと言いました。そして、懐から巻物を出しました。

「余の国家と通商関係にある近隣諸国より、陳情がきておる。読むぞ。『〈エレンのマッチ〉による幻覚作用は中毒性を有し、民の勤労意欲を削ぎ、怠惰に陥らせ、時に命まで奪う由、即刻当該商品の貴国よりの輸出を禁じることを求む』──余は近隣諸国との友好を望む。したがってエレンよ。即刻、そなたの会社のマッチの輸出を禁じ、さらに、国内でも販売を禁ず」

「そんな……」

「残念だったわね」

聞き覚えのある声がしました。ふと見ると、フレゼリク陛下の白馬のすぐ後ろにつけている馬にあの女が乗っていて、エレンに手を振っているのでした。

「赤ずきん！　どうして？」

「どうして……、そうね、何から説明したらいいかしら」

そばに控えている兵隊の手を借り、赤ずきんはよいしょっ、と、馬から降りました。そして、たくさんの赤ずきんのあいだを縫って、エレンの前までやって来ました。ですが、話しかけた相手はエレンではなく、隣で呆然としているセンリでした。

「センリさん、私に会う前から私のことを知っていた、と言っていたわね」

そして彼女は、にこりと笑ったのです。

「私も知っていたのよ。あなたのこと」

## 12.

赤ずきんが〈つばめホテル〉の地下で、センリに勧められたさくらんぼのカクテルを飲んで気を失う、数時間前のことです。

ホテルの部屋に通された赤ずきんは窓を全開にしたまま、少し休もうとベッドの上で目を閉じたのでした。

ぷーん、と耳元で音がしました。ああ、虫が入ってきてしまったのね、窓を閉めなきゃ、と思ったそのときでした。

「赤ずきん、危ないわ」

どこかで聞いた甲高い声がしたのです。

目を開けると、枕の上に、一匹のテントウムシが止まっていました。

「エイミー？」

赤ずきんは身を起こしました。間違いありませんでした。マイフェンの森にいたオオカミ、ゲオルグの忠実なるしもべ、テントウムシのエイミーだったのです。

「エイミーじゃない。どうしてここに？」

「赤ずきん、あなタ、エレンに復讐をしヨウとしているンですっテ？」

「どこで、それを？」

「ゲオルグが、バスケットの中が気になったカラっテ、あなたノ後を追うようニ告げたノヨ」

しかしそれは、赤ずきんがあの森を出てから少し経ったあとの命令だったので、赤ずきんがどこへ行ったのか突き止めるのに数日を要してしまったそうです。やっとグーテンシュラーフ王国で赤ずきんの消息をつかんだときには、赤ずきんはすでにシュペンハーゲンへ向かってキッセンじいさんの屋敷を発ったあとでした。

「あなタ、屋敷を出るトキ、言ったそうジャない。シュペンハーゲンに、エレンを殺しにいくってテ。シュナーヒェンから聞いたワ」

ブローチ代わりに胸に蜘蛛を飼っているあの人なら、テントウムシに話をしたっておかしくないわと赤ずきんは納得しました。

「エレンの危険さハ、私も知っているワ。だから、一言、言いに来たノ」

「心配してくれるのはありがたいわ、エイミー。だけど止めないで。エレンに復讐するのが、私の旅の本当の目的なの」

するとエイミーは、意外な返答をしました。

「誰が止めるなんテ言ッタかしら？」

「えっ」

「〈エレンのマッチ〉はよくないワ。ゲオルグさんも町の人から聞いているもノ。あなタがエレンをこらしめテくれるのヲ、待っている人が大勢いるワ」

「じゃあ……」

「わたシ、この〈つばめホテル〉の会合ハ危険だト教えに来たノ。より詳しい人ガ、広場を挟んで向かいのレストランにいるワ。行ってみなサイ」

エイミーのアドバイスで赤いずきんを脱ぎ、ただの目立たない女の子となった赤ずきんは、広場を横切ってレストランに入りました。店の奥でサーモンのソテーを頬ばっているみすぼらしい姿の男性の前に進み、テーブルの向かいの椅子を引いて腰かけました。

「やあ」

「えっ？」

気さくに声をかけてくるその顔を見て、赤ずきんは驚きました。身なりこそ路上生活者のようですが、彼の顔には見覚えがありました。

グーテンシュラーフ王国で出会ったイタリアの伊達男、ナップでした。

「目的のためとはいえ、こんな恰好は趣味じゃないんだけどね。とりあえず、再会のあいさつに」

汚いジャケットの内側から一輪のバラを出すと、赤ずきんに差し出します。赤ずきんはその手を、ぱんと払いました。

「いてっ」

「気障《きざ》なことはいいの。それより、エイミーが言っていた、〈つばめホテル〉での会合に詳しい人ってあなたのこと？」

「もちろん」

ナップは声を潜めました。

「あの会合には、センリという名の、エレンの密偵が潜り込んでいるよ。というか、町じゅうにいるエレンのスパイが、エレンを敵視する者を今夜の会合に集まるようにしむけたのさ」

「じゃあ、私に〈つばめホテル〉を紹介したあのおじさんも？」

「センリの仲間だろうね」

なんということでしょう。いつの間にか赤ずきんは敵の手中にいたのです。

「エレンに近づいて殺害することなんてあきらめたほうがいい。毒入りクッキーや爆弾ワインボトルなんてもってのほかだ」

ナップは赤ずきんの意図をわかっているようでした。

「あなたはいったい何者なの？　どうしてそんなに詳しいの？」

「諸国を回って大工の修業をしていると言ったろう？　グーテンシュラーフ王国へ行く前はこの国で、牢獄の建設に携わっていたのさ」

「牢獄……って、エレンが建設させたという、あの真っ黒な牢獄？」

「ああそうさ。尊敬する建築家、アルビンが手掛けるっていうんで、参加させてもらった。アルビンは風変わりな建物で有名だけど、やっぱりこの牢獄も不思議な設計で、すごくチャーミングな仕事だった。でもある日、突然現場に武骨なヴァイキングどもがやってきて、ヨハンという仕事仲間が捕まえられた。後で知ったことだけど、ヴァイキングはエレンが独自に雇った私設の兵隊だったんだよ」

ナップはサーモンを器用に切って口へ運びました。

「ヨハンはね、赤ずきん。君と同じような境遇にあったのさ。つまり、家族がマッチ依存症になってエレンを恨み、復讐の機会をうかがうために牢獄の建設に作業員として潜り込んだんだ。その情報が洩れて、捕まった。噂じゃ、はるか北の森に送られて、木の伐採作業をやらされているって話だよ。気のいいやつだったからなんとか解放してやれないかと思っているんだが、一人ではどうも難しい。あちこちにエレンの手先が潜んでいるシュペンハーゲンでは行動も起こしにくいから、牢獄が完成してすぐにこの国から避難し、ヨハンを救う手立てを考えながら遍歴を続けていたわけさ」

「それでグーテンシュラーフに。……でも、救済の計画を立てるどころかあなたは、グリジェをたぶらかすことに心を奪われてしまっていたわね」

あはは、とナップは全く悪びれる様子もなく笑いました。

「許しておくれよ。恋愛はイタリア人にとって食事や呼吸よりも大事なんだ。俺はあのあともグリジェに会おうと、キッセンじいさんの屋敷へ行ったんだ。追い返そうとするシュナーヒェンに世間話のつもりで君のことを訊ねたら、エレンのやつを殺しにシュペンハーゲンへ向かったって言うじゃないか。おばあさんの話も聞いたよ。ようやく賢い仲間が見つかったと思って、大急ぎでシュペンハーゲンへ舞い戻ったというわけさ」

ナップがここにいるわけがようやくわかりました。女癖の悪いところはありますが、信用できない相手ではないようです。それより赤ずきんには気になることがありました。

「さっき、エレンは自分で兵隊まで作ったって言ってたわね。まさかそこまでしているとは思わなかったわ。綿密な計画が必要ね」

するとナップはフォークを頬のあたりに添え、「その兵隊の件なんだけどね」とウィンクをしました。

「実は少し前にデンマーク国王フレゼリクの耳に入って、強制的に解散させられたそうなんだ。素直に従ったから罪には問われなかったんだけど、もう一度兵を組織して動かすようなことがあれば、そのときは正式な懲罰を下すというふうになっているらしい」

「そうだったの」

「赤ずきん。僕はね、これを利用できないかと思うんだ」

「どういうこと？」

「エレンが自分じゃどうにもならないくらいのことをこの町で起こし、兵隊を出させる。フレゼリク陛下の耳にそれを入れて、王の名のもとにエレンに懲罰を下してもらう」

「でも」赤ずきんには素直にその作戦に乗れない理由がありました。

「それじゃあ、エレンを殺せないわ」

「殺人なんて考えるのはおよしよ。懲罰が下れば、彼女はもうあのマッチを売ることはできなくなる。それで十分だと思わないか？」

ナップの穏やかな言い回しに、赤ずきんは少し考えました。……たしかに、エレンを殺してもおばあさんが戻ってくるわけではありません。

「……わかったわ。でも、どうすればエレンは兵隊を出すの？」

「それについては、まだ考えていない」

本当に、見た目だけで頼りにならない男です。赤ずきんは腕を組んで、じっくり考えました。

アイデアがまとまって目を開けると、ナップはサーモンをすっかり平らげて、口を拭いていました。

「こんなのはどうかしら」

ん？　とナップが期待の目を向けてきます。

「私が今夜、わざと捕まるの」

「わざと捕まる？」

「ええ。エレンが私に会いに来るかどうかわからないけれど、赤いずきんを被った女の子というのは、かなり特徴的だと思うの」

「ああ、そうだね」

「次の日から町のあちこちで、〈エレンのマッチ〉を売っている店を、赤いずきんを被った人物が襲うのよ。牢屋に収容されているはずの私が町中に現れたら、エレンは驚いて兵を出すんじゃない？」

「町に出る赤ずきんっていうのは？」

「もちろん、あなたよ。どこかから赤いずきんを手に入れて、私のふりをして立ちまわるのよ」

ナップは空になった皿をスプーンでかちゃかちゃ叩きながら、しばらく考えていましたが、

「うまくないな」と言いました。

「牢屋に本人がいるのは、確認すればすぐにわかることだ。そうなったら、僕は、ただの赤いずきんを被った変人だよ。いずれにせよ、そんなことでエレンが恐怖を感じるとは思えない」

「たしかに」

自分で言い出しておきながら、赤ずきんもどこかしっくりこない作戦でした。ナップはフォークを置き、

「あるいは、牢屋から実際に君が消えてしまったら、エレンも恐怖を感じるかもね」

と笑いました。

「どうやって消えるっていうのよ」

「いいことを思いついたんだよ。さっき、牢獄を共に建設した別の仲間に偶然会って聞いたんだけど、牢獄が完成して以来、エレンはまだ牢獄を訪れていないらしいんだ」

「自分で作らせた牢獄を？」

「ああ。それどころか、設計したアルビンは設計図を俺たちに預け、牢獄の建設半ばにして別の国へ行ってしまった。土地の購入と牢獄の建設関係の一切を任されたトビアスという男はよぼよぼのじいさんで、完成する直前に死んでしまった。ヨハンの逮捕以来俺たちはエレンにいい印象を抱いていないから、誰もあの牢獄の構造について〈エレンのマッチ〉の連中に話していない。つまり、あのマッチ工場の連中は、アルビンが仕掛けた牢獄の一番の秘密を誰一人知らないんだよ。――あの秘密を使えば、君を牢獄から消すこともできる」

＊

「一番の秘密、ですって？」

赤ずきんがここまで話すと、エレンは怖い顔をして、赤ずきんに迫りました。

「抜け穴でもあるっていうの？」

「そこから抜け出したとしても、あなたの兵隊に見つかる恐れがあるわ。私はそれよりずっと安全なところにいたの。牢獄の秘密を知らない人には絶対に見つからない、ある場所にね。ナップ」

赤ずきんが呼びかけると、二十人ほどの赤いずきんを被った者のうち、一番近くにいた者がぱっとずきんを取りました。端正な、男の顔が出てきました。

「このずきん、深く被っていると暑いものだね」

愉快そうに笑いながらナップは、背中に隠していた石板と一輪のバラを取り出しました。石板には、牢獄を横から見た図が描かれていました。

「エレン。初めまして。君の牢獄の建設を手伝った大工のナップさ」

気取ったしぐさでエレンにバラを差し出します。赤ずきんは横からその手を、ぱん、とはたきました。

「いたっ」

「バラはいいから、説明を」

「エレン。君はアルビンに牢獄の建設を依頼したとき、〈エレンのマッチ〉らしさを、と言ったそうだね。収容者たちに希望の光を与えるように見せかけて、それを一気にふっ、と消して絶望の闇にする、というイメージだと」

エレンは何も言いませんが、そのときのことを思い出しているように赤ずきんには見えました。

「アルビンは、君の会社のマッチ箱を観察し、君が伝えたイメージと重ねた。そして、こんな構造の牢獄を作ったんだよ。牢屋は、マッチ箱のように二重構造になっているのさ。天井と床、外側の壁と檻がマッチ箱の外箱にあたり、牢屋の内側にマッチ箱の内箱にあたるもうひとつの牢屋がある。その牢屋は台車のようになっていて、反対側のスペースに移動することができるんだ。もっともこの内側の牢屋は、本物のマッチ箱と違って外側の壁と檻の側面はないけどね。普段は小さな窓から明かりが差していて、外の景色も見られるけど、反対側のスペースには窓はなく、光のない絶望の闇になってしまう（271ページ・図1）。ちなみに、これを移動させるのは、建物の上についている、マッチ棒の形をしたレバーさ。ハイセンスな飾りだと思っていただろう？」

エレンは驚いた様子でナップの石板の図を凝視していましたが、首をぶるぶると振って「おかしいわ！」と叫びました。

「牢獄は、こんなに横に長い建物じゃないはずよ」

「君は、建物の構造を見たことがないようだね」ナップは石板の上に一枚の紙を貼りつけました。牢獄を上から見た図がありました。港に面した部分が長いL字型なのです（同・図2）！

「陸側からは、ここにある〈アザラシ海運〉という青色の倉庫が隣にあるように見える。でも、それは実は建物の半分で、海側から見ると、ちゃんと全体が見えるのさ」

　あぜんとしたエレンの顔を見ながら、シュペンハーゲンにやってくる船の上で見た光景を、赤ずきんは思い出していました。のちに自分が収容されることになる横長の黒い建物は、海上から見ると、黄色い倉庫とピンクの倉庫に挟まれていたのです。

「ああ……」

　つぶやいたのは、ヴァイキング姿のエレンの用心棒でした。

「だから、牢屋の中に、燃えカスがなかったのか」

　そうです。昨晩、赤ずきんが牢屋の中に落としたマッチの燃えカスは、収容されていた内側の牢屋を移動させることによって赤ずきんとともに消えてしまいます。この事実からエレンが牢屋のからくりに気づいてしまうのではないかと赤ずきんは危惧していましたが、どうやら気づいたのはこのヴァイキング姿の用心棒だけのようでした。

「バドレイ！　なんで気づいたときにそれを言わなかったの！」

「言おうとしたんですよ。でも、邪魔が入ってしまったんです」

「もう、この役立たず！」

　怒鳴り散らすエレン。その横で、「わからない、わからない！」とセンリがわめきました。

「まず、内側の牢屋を移動させたのは誰だっていうんだ？」

「僕だよ」

　こともなげに、ナップが言いました。

「七時過ぎだったかな。建物の壁をよじ上るのは、女の子を喜ばせるのと同じくらい得意でね。

（図1）　海側から見た図

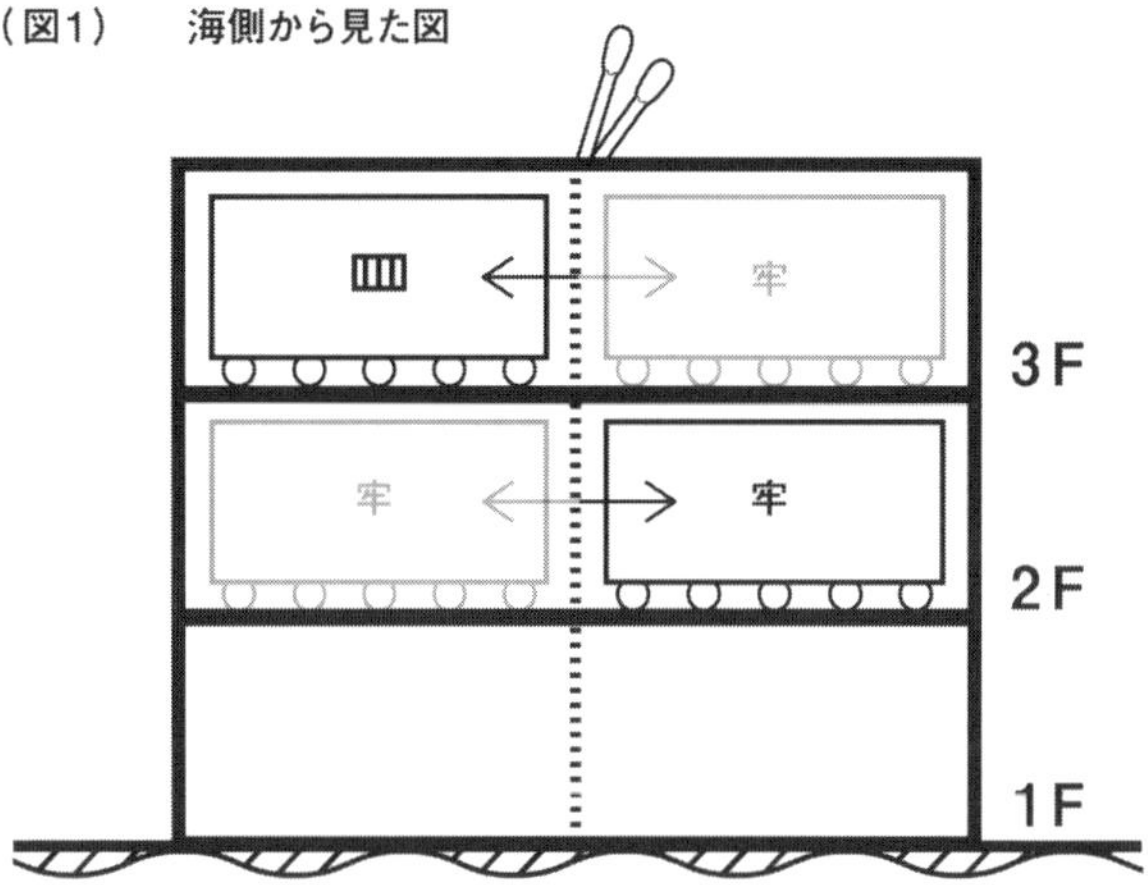


（図2）　上から見た図

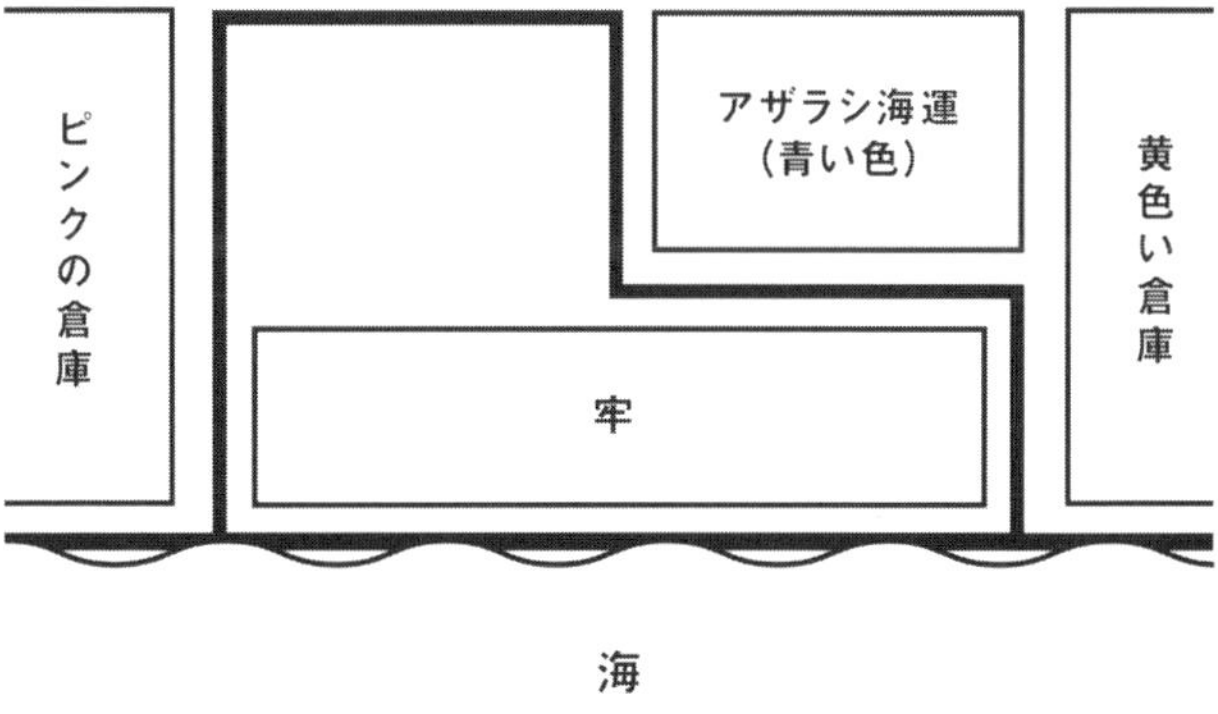

そのあとのも全部、僕たちの仕業さ。赤ずきんと二十人の同志は暗闇の中で我慢するだけでね」

「だから、それがわからないんだっ！」

センリは充血した目を剝き出しています。

「赤いずきんはどうしたんだ？　そんなもの、この町では珍しい。あんたたちがこの計画を練り上げたのは、昨日だって言うじゃないか。たった一晩でこんな大量に手に入るもんか。それに、もし被っているやつや、隠し持っているやつがいたら、俺や、ヴァイキングの兵隊たちがすぐに見つけられたはずだ」

赤ずきんはこれを聞いて、口元がほころびました。

「やっと正体を明かせる時間がきたわよ、バーバラ」

声をかけると、ナップの隣にいた赤ずきんのずきんが、ぱっと消えました。そこにいたのは、シンデレラの事件で出会った魔女のバーバラでした。

「まったく、話が長いったらありゃしない。十二時を越えてしまったら、どうするつもりだったんだい」

「エレン、センリ。紹介するわ。魔女のバーバラよ。昨日のうちに、シュペンハーゲンまで来てもらったの。私の姿を鳥や虫に変えることはできなくても、衣装を出したり消したりするのはお手の物。まあ、靴は全然ダメだけどね」

赤ずきんは言いながら、手の中の、ウサギの足のお守りに目を落としました。

――困ったことがあったらこれを天に掲げ、私の名を呼びなさい。何千キロ離れたところだって、瞬きひとつするあいだに駆け付けてあげるから。

牢屋の中でお守りを掲げ、バーバラ！と呼ぶと、約束通りすぐにやって来てくれました。計画には非協力的でしたが、すでに赤ずきんが囚われの身になっている状況を見て、「しょうがないねえ」とつぶやき、外にいるナップとコンタクトを取って、手伝ってくれたのです。もちろん、襲撃の都度、赤いずきんを出現させたり消したりすることも彼女の担当でした。距離の離れた店をほぼ同時に襲ったのは、不気味さの演出のためでした。

「ちなみに、ナップとバーバラが使った爆弾は、町じゅうの酒場から集めてきた空き瓶に、私がもともと持っていたワインボトルの火薬を少しずつ分けて作ったのよ」

赤ずきんはナップと密談をしたあと、レストランで空き瓶を一つもらい、店の裏で砂を詰めてホテルへ持ち帰ったのです。そして、はるばる運んできたもともとのワインの瓶の中の火薬を少しだけ砂の瓶に移すと、あとはまるまるホテルの外で待っていたナップに渡したのでした。

ナップはシュペンハーゲンの酒場を回って空き瓶を集め、その火薬を小分けにしたのです。もともと、ひと瓶でお屋敷ひとつが吹っ飛ぶほどの威力の火薬です。小分けにしたものでも、直営店に火事を起こすには十分なのでした。

「そういうわけでセンリ。あなたを通じてエレンに渡ったのは、偽物の瓶よ。あれじゃあ、せいぜい火花がぽんと出る程度。子どもだましどころか、子ネズミだましだわ」

センリやエレンよりも、後ろに立っている義足の男のほうがびっくりしているようでした。

「とにかく、神出鬼没の赤ずきんにおののいたあなたは、みごとに兵隊を動員した」

「よかったよ。『エレンがまた兵隊を動員させるつもりだ』って、昨日のうちに宮殿に伝えてしまっていたからね」

ナップが頭を掻《か》きながら笑います。

「もうひとつ、どうしてもわからない」

センリはもう、疲れ切っていました。でも、訊かずにはいられないようです。

「……君は、牢屋からどうやって出たんだ？」

「もともとは、出るつもりはなかったわ」

赤ずきんの言葉に、センリもエレンも目を丸くしました。

「私たちの目的は、あなたに国王との約束を破らせることですもの。そのあとでゆっくり出ればいいと思ったの。でもあなた、私を探すために兵隊だけじゃなく、看守まで駆り出したそうじゃないの」

「へへへ、あれにはびっくりしたね」ナップが手を叩いて笑います。「襲撃の合間を縫って牢獄に行ったら誰もいなかった。看守部屋には鍵も置きっぱなし。せっかくだからと、僕はすぐに赤ずきんと彼らを救い出したのさ」

バーバラが手を上げると、そこにいたすべての赤ずきんのずきんが消えました。〈つばめホテル〉の地下で出会った同志たちが、エレンを怖い顔で見つめています。バーバラは靴を変えると泥だらけにしてしまうから、靴だけはみんな自前のものだったのよ。——そんな種明かしは、蒼白の表情のエレンに必要なさそうでした。

赤ずきんは、くるりと回れ右をしました。

「陛下」

馬上のフレゼリク陛下にお辞儀をします。

「私たちのつまらない話にお付き合いいただき、恐縮です。どうぞお言葉を」

陛下は「うむ」とうなずくと、エレンのほうを向きました。

「エレンよ、余との約束を破り、兵を動かしたそなたを捕えねばならぬ。マッチ工場も、閉鎖とする」

陛下の合図で、ロープを持った兵隊が一人、エレンに近づきます。兵隊がそのロープをエレンの手にかけようとしたそのとき、

「いやよっ！」

エレンはそばに立っていた、義足の男の襟を両手でつかみ、兵隊のほうへ押し出しました。あまりに急なことに、男もろとも兵隊は倒れてしまいました。

素早い身のこなしで、エレンは開いていた工場の門の隙間から中へ逃げ込みます。

「追え、追うのだ！」

王の号令とともに、兵隊たちがどどど、と工場の中をめがけて突進しました。

13.

黄金の壁紙が、天井のシャンデリアの光を反射させ、豪華なまばゆさを演出しています。

部屋の中央には、大きな亀の置物。

亀の上には、黄金の象が四頭、天に向かって鼻を伸ばしています。

四つの鼻に支えられているのは、コルクで作られた地球儀でした。

地球儀の表面には、たくさん、マッチ棒の形をしたピンが刺さっています。

エレンはルビーやダイヤで飾られた台の上に立ち、その地球儀を見下ろしていました。

ピンが立っているのはすべて、〈エレンのマッチ〉の支社のある場所です。全部でいくつあるのか、数えきれないほどでした。

「エレン様」

金色のタキシードを着た執事がやって来て、恭《うやうや》しくマッチ棒のピンを差し出します。

「おめでとうございます。ついにアラビアにも支社ができることになりました」

「そう」

うれしさをこらえながら、エレンは落ち着き払ってピンを受け取ります。

「つきましては、ゲルハッサン王子が、ぜひエレン様にお目にかかりたいとおっしゃっております」

「いつでもいいわとお伝えして」

エレンは、地球儀の上のアラビアにピンを刺します。

「エレン様」「エレン様」

今度は銀色のタキシードの執事と、エメラルドグリーンのタキシードの執事が現れ、それぞれやはり、ピンを差し出しました。

「インドのポンディシェリーとマドラスで、エレン様のマッチは大変人気でございます。英国の領事など、エレン様のマッチの火で沸かした湯でなければ、紅茶を飲まないと言っているほどです」

「清国《しん》の皇帝が、エレン様のマッチを大変お気に入りで、返礼として、翡翠《ひすい》の壺を二百、虎の皮を三百、珍味として名高い猿の頭を五百、贈られました。皇帝はこれからも永久的に、エレン様のマッチを届けてくれるようにと」

「そう」今度は、思わず、笑みが零れてしまいました。

「みんな、私のマッチが大好きなのね」

次から次へと、大金や贈り物が届けられます。地球儀の上には、あれよあれよという間にマッチのピンが増えていきます。

エレンは充足感に満たされつつ、ふと目を閉じました。

浮かんでくるのは、昔のことです。

九歳の頃の、みじめな自分。何も持っていなかった、小さくて薄汚い自分。雪の中、凍えそうでした。あのまま死んでいたら、誰かにゴミと一緒に捨てられていたに違いありません。人間なんて、そんなものなのです。

金のない人間は、一生みじめな夢を見ているしかない、夢には金がかからないから――。あの日、つばを吐きかけてきた男はそんなことを言いました。あの男は何もわかっていませんでした。一生みじめな夢を見ているしかないのは、夢の見方が下手だからです。富を得ることを強く心に誓い、がむしゃらに突き進めば、お金のかかる夢を見るにふさわしい人間になることができるのです。

目を開ければ、黄金が輝いています。夢にこそ、お金をかけるべきです。そうすれば、もっとたくさんの富が手に入るのですから。

今やこんなに大金持ちになったエレンに、もう誰もつばなど吐きかけないはずです。凍えるような雪の日に手袋もせずに外に放り出されることなど、あろうはずがありません。

ふふっ、と笑い声が漏れてしまいました。そうなるともう、止まりません。

「ふふふ、はは、ははは……！」

世界中が、エレンをあがめています。この世界には、エレンが必要なのです。この世のすべての少女が、将来の夢を「エレンになること」と言うでしょう。

エレンは高笑いをしました。高笑いするしかありません。

「エレン様！　トルコの皇帝陛下がぜひお会いしたいと。マッチを十万箱、ご所望です」

次々と部下が朗報を持ってきます。

「エレン様！　ロシアでもエレン様のマッチは飛ぶように売れています。東方のコサックの首領が、ぜひ支社の設立に貢献したいと、ラッコの毛皮七万枚を贈られました」

報告が、止まりません。

「エレン様！　南米を調査中の探検隊が、先日新しく発見した落差四百メートルの巨大な滝に、エレン様の名前をつけたいと申し出ております」

「エレン様！　オーストリアの著名な音楽家が、エレン様を称えるワルツを作曲したので、ぜひとも演奏会においでくださいと」

「エレン様！　アメリカ議会がエレン様に合衆国名誉市民の称号を贈ることを決定しました。つきましては、大統領官邸に〈エレンのマッチ〉の社旗を掲げるご許可をと」

「エレン様！　他国嫌いで有名なニッポン国のショーグン、トクガワが、〈エレンのマッチ〉とならばぜひ貿易をしたいと使節を遣わしてきました。これは、驚くべきことです！」

「エレン様！」「エレン様！」「エレン様！」

そうよ。私こそが成功者。私こそが支配者――。

この世はすべて、私のものだわ！

「エレン様！」「エレン様！」「エレン様――！」

## 14

マッチ工場になだれ込んでいったフレゼリク陛下の兵隊たちは、すぐにまた出てきました。どうやらエレンは、裏口から再び外に逃げたようなのです。兵隊たちは捜索のため町中に散っていきました。〈つばめホテル〉の地下会合の仲間たちもそれに追随し、工場の前には、赤ずきんとバーバラ、ナップ、それにテントウムシのエイミーだけが残されました。

「どうする？　僕たちも追う？」

ナップが訊ねましたが、赤ずきんは首を振ります。

「じゃあ、みんなで夕食でもいくかい？　サーモンの美味《うま》い店があるんだ」

「いいわね」

バーバラは同意しましたが、赤ずきんは乗り気ではありませんでした。

「私は、一人で少し、そこらを散歩するわ」

ナップは何か言いたげでしたが、「そう」と肩をすくめました。バーバラやエイミーにも手を振り、赤ずきんは歩きはじめます。

カラフルで可愛い街並みの上に、寒い闇がのしかかっていました。

旅はこれで終わりです。これ以上、復讐のことを考えても空しいだけでした。

ふと、お母さんのことを思い出しました。

きっと、森の中のあの小さな家で、赤ずきんのことを心配して待っていることでしょう。

お土産屋さんでもあればいいんだけど、と商店のありそうなほうへ歩きます。しかし、そんなお店は見あたりません。どうやら、住宅街に迷い込んでしまったようです。お店らしいものは見当たらず、コートの襟を立てた男の人がせわしなく歩いていくのとすれ違っただけでした。

それならそれでいいわ、と少し歩いたところで、窓から明かりの漏れる、小さな路地を見つけました。

なぜかわからないのですが、その路地が気になります。

赤ずきんは、入っていきました。しばらく行くと、また曲がり角があります。何の気なしに曲がり――、赤ずきんはそこで、足を止めました。

エレンがいました。

冷たい地べたに座り、大きく口を開けています。

口角を上げ、笑っているようです。でも、目はうつろで、笑い声はありません。

手には、火のついたマッチ。

その膝の上にも路上にも、マッチの燃えカス、燃えカス、燃えカス……。

「私の……ものよ……」

かすれた声で言うと、エレンはかくんと首を後ろへ折り、呆《ほう》けたような顔を空に向けました。

「この世は……私の……」

じっと見つめる赤ずきんの前で、何か白いものがひらひらとエレンの顔に舞い落ちました。

それは、シュペンハーゲンに降る、今年最初の雪でした。

本作品は世界の童話を基にしたフィクションです。
作中に登場する人名その他の名称は全て架空のものです。

初出

「ガラスの靴の共犯者」　「小説推理」二〇一九年八月号
「甘い密室の崩壊」　「小説推理」二〇一九年一一月号
「眠れる森の秘密たち」　「小説推理」二〇一九年一二月号
「少女よ、野望のマッチを灯せ」　「小説推理」二〇二〇年二月号

青柳碧人　あおやぎ・あいと

一九八〇年千葉県生まれ。早稲田大学卒業。二〇〇九年『浜村渚の計算ノート』で第三回「講談社Ｂｉｒｔｈ」小説部門を受賞してデビュー。「西川麻子」「猫河原家の人びと」などの人気シリーズを手がけ、一九年刊行の『むかしむかしあるところに、死体がありました。』は多くの年間ミステリーランキングに入り、本屋大賞にもノミネートされた。

赤《あか》ずきん、旅《たび》の途中《とちゅう》で死体《したい》と出会《であ》う。

二〇二〇年八月二三日　第一刷発行
二〇二四年九月二七日　第一八刷発行

著者　青柳碧人
発行者　箕浦克史
発行所　株式会社双葉社
〒１６２－８５４０
東京都新宿区東五軒町３－２８
電話　０３－５２６１－４８１８（営業）
０３－５２６１－４８３１（編集）
http://www.futabasha.co.jp/
（双葉社の書籍・コミック・ムックが買えます）
印刷所　大日本印刷株式会社
製本所　株式会社若林製本工場
カバー印刷　株式会社大熊整美堂
ＤＴＰ　株式会社ビーワークス



ISBN978-4-575-24289-8 C0093

好評既刊

## むかしむかしあるところに、死体がありました。

青柳碧人

「浦島太郎」や「鶴の恩返し」といった昔ばなしを、密室やアリバイなどで読み解いたまったく新しい本格ミステリ。読めば必ず誰かに話したくなる驚き連続の作品集。

〈四六判〉